给水排水管道工程施工及验收规范
实 施 手 册

主 审　史官云
主 编　颜安平　孙文友　钟永兵　陶勤俭

ZHEJIANG UNIVERSITY PRESS
浙江大学出版社

图书在版编目（CIP）数据

给水排水管道工程施工及验收规范实施手册／颜安
平等主编． —杭州：浙江大学出版社，2010.7
ISBN 978-7-308-07749-1

Ⅰ．①给… Ⅱ．①颜… Ⅲ．①给排水系统－管道工程
－工程施工－规范－中国②给排水系统－管道工程－工程
验收－规范－中国 Ⅳ．①TU991-65

中国版本图书馆 CIP 数据核字（2010）第 123222 号

给水排水管道工程施工及验收规范实施手册

主　编　颜安平　孙文友　钟永兵　陶勤俭

责任编辑	杜希武
封面设计	刘依群
出版发行	浙江大学出版社
	（杭州市天目山路 148 号　邮政编码 310007）
	（网址：http://www.zjupress.com）
排　版	杭州好友排版工作室
印　刷	德清县第二印刷厂
开　本	787mm×1092mm　1/16
印　张	8.75
字　数	212 千
版 印 次	2010 年 7 月第 1 版　2010 年 7 月第 1 次印刷
书　号	ISBN 978-7-308-07749-1
定　价	35.00 元

本书编委会

主　审　史官云

主　编　颜安平　孙文友　钟永兵　陶勤俭

编　委　王敬幸　杨晓群　张东青　黎朝栽

前　　言

　　由国家住房和城乡建设部批准发布的《给水排水管道工程施工及验收规范》(GB50268-2008)(以下简称新给水排水规范)于2008年10月15日发布,2009年5月1日开始实施,原国家标准《给水排水管道工程施工及验收规范》GB50268-97和建设部行业标准《市政排水管渠工程质量检验评定标准》CJJ3-90同时废止。新给水排水规范出台后没有规定相应的施工与质量控制过程质量检查、检测和验收的相应操作用表。新给水排水规范实施以来,各施工企业和市政工程建设质量监督机构普遍反映目前工程施工技术资料相当混乱,这样在实际工作中就很难评定给水与排水工程的施工质量和进行工程竣工验收。为此,我们在充分调研的基础上,组织了市政工程质量监督、施工、监理和城建档案管理等单位的专业技术人员,编著了这本《给水排水工程施工及验收规范实施手册》。

　　这本手册提供了实施新给水排水规范所急需的给水排水工程建设施工从原材料(产品)进场到工程竣工验收全过程的工程质量控制的检查用表共75份,覆盖了新给水排水规范中56个分项工程检验批主控项目和一般项目的全部检查内容,构成了实施新给水排水规范完整的检查、检测、控制、验收操作用表(其中将部分《给水排水构筑物工程施工及验收规范》GB50141-2008的内容补充入本手册)。本手册还列举了操作用表的填写范例,为市政工程技术人员熟悉表式填写提供了示范的作用。

　　本手册内容全面、实用,具有很强的可操作性,可供市政给水排水工程建设施工企业直接应用,也可供建设业主、监理、质监和城建档案管理部门工作参考。本手册在编著过程中,得到了浙江省市政行业协会、台州市市政公用工程质量监督站、方远建设集团股份有限公司的关心和支持,吸取了杭州、宁波、绍兴、台州等地市政工程施工企业、工程监理单位、质量监督机构、档案管理部门专业技术人员的意见,参考了城镇道路工程相关规范,在此一并深表谢意。

　　本手册由颜安平、孙文友、钟永兵、陶勤俭主编,王敬幸、杨晓群、张东青、黎朝栽为编委成员,史官云主审。

　　由于作者水平有限,本手册难免存在缺陷和疏漏,恳请市政行业专家、同行和读者批评、指正、赐教。

史官云

2010年4月25日

目　　录

1 工程质量概述

1.1 给水排水管道施工中涉及的相关基本概念

近些年来随着我国国民经济和城市建设的飞速发展,给排水管道工程技术提高,施工机械与设备的更新,管材品种及结构的发展,需要明确给水排水管道施工中涉及的相关基本概念。

1.1.1 压力管道:指工作压力≥0.1MPa的给排水管道。

1.1.2 无压管道:指工作压力<0.1MPa的给排水管道。

1.1.3 刚性管道:指主要依靠管体材料强度支撑外力的管道,在外荷载作用下其变形很小,管道的失效是由于管壁强度的控制不当。《给水排水管道工程施工及验收规范》GB50268-2008指钢筋混凝土、预(自)应力混凝土管道和预应力钢筒混凝土管道。

1.1.4 柔性管道:指在外荷载作用下变形显著的管道,竖向荷载大部分由管道两侧土体所产生的弹性抗力所平衡,管道的失效通常由变形造成而不是管壁的破坏。《给水排水管道工程施工及验收规范》(GB50268-2008)主要指钢管、化学建材管和柔性接口的球墨铸铁管管道。

1.1.5 刚性接口:指不能承受一定量的轴向线变位和相对角变位的管道接口,如用水泥类材料密封或用法兰连接的管道接口。

1.1.6 柔性接口:指能承受一定量的轴向线变位和相对角变位的管道接口,如用橡胶圈等材料密封连接的管道接口。

1.1.7 化学建材管:指玻璃纤维管或玻璃纤维增强热固性塑料管(简称玻璃钢管)、硬聚氯乙烯管(UPVC)、聚乙烯管(PE)、聚丙烯管(PP)及其钢塑复合管的统称。

1.1.8 管渠:指采用砖、石、混凝土砌块砌筑的,钢筋混凝土现场浇筑的或采用钢筋混凝土预制构件装配的矩形、拱形等异型(非圆形)断面的输水通道。

1.1.9 开槽施工:指从地表开挖沟槽,在沟槽内敷设管道(渠)的施工方法。

1.1.10 不开槽施工:指在管道沿线地面下开挖成形的洞内敷设或浇筑管道(渠)的施工方法,有顶管法、盾构法、浅埋暗挖法、定向钻法、夯管法等。

1.1.11 管道交叉处理:指施工管道与既有管线相交或相距较近时,为保证施工安全和既有管线运行安全所进行的必要的施工处理。

1.1.12 顶管法:指借助于顶推装置,将预制管节顶入土中的地下管道不开槽施工方法。

1.1.13 盾构法:指采用盾构机在地层中掘进的同时,拼装预制管片或现浇混凝土构筑地下管道的不开槽施工方法。

1.1.14 浅埋暗挖法：指利用土层在开挖工程中短时间的自稳能力,采取适当的支护措施,使围岩或土层表面形成密贴型薄壁支护结构的不开槽施工方法。

1.1.15 定向钻法：指利用水平钻孔机钻进小口径的导向孔,然后用回扩钻头扩大钻孔,同时将管道拉入孔内的不开槽施工方法。

1.1.16 夯管法：指利用夯管锤(气动夯锤)将管节夯入地层中的地下管道不开槽施工方法。

1.1.17 沉管法：指将组装成一定长度的管段或钢筋混凝土密封管段沉入水底或水底开挖的沟槽内的水底管道敷设方法,又称沉埋法或预制管段沉埋法。

1.1.18 桥管法：指以桥梁形式跨越河道、湖泊、海域、铁路、公路、山谷等天然或人工障碍专用的管道敷设方法。

1.1.19 工作井：指用顶管、盾构、浅埋暗挖等不开槽施工法施工时,从地面竖直开挖至管道底部的辅助通道,也称为工作坑、竖井等。

1.1.20 管道严密性试验：指对已敷设好的管道用液体或气体检查管道渗漏情况的试验统称。

1.1.21 压力管道水压试验：指以水为介质,对已敷设的压力管道采用满水后加压的方法,来检验在规定的压力值时管道是否发生结构破坏以及是否符合规定的允许渗水量(或允许压力降)标准的试验。

1.1.22 无压管道闭水试验：指水为介质对已敷设重力流管道(渠)所做的严密性试验。

1.1.23 无压管道闭气试验：指以气体为介质对已敷设管道所做的严密性试验。

1.2 给水排水管道工程质量评价准则

1.2.1 给水排水管道工程质量验收的划分

1. 给水排水管道工程质量验收应划分为单位(子单位)工程、分部(子分部)工程、分项工程和检验批(或叫验收批)。

2. 单位工程的划分应按下列原则确定：

1) 建设单位招标文件确定的每一个独立合同中明确的开(挖)槽施工的管道工程、大型顶管工程、盾构管道工程、浅埋暗挖管道工程、大型沉管工程、大型桥管工程的一种或几种组合为一个单位工程。

2) 当合同文件包含的工程内涵较多,或工程规模较大或由若干独立设计组成时,宜按工程部位或工程量、每一独立设计将单位工程分成若干子单位工程。

3. 分部工程的划分应按下列原则确定：

1) 单位(子单位)工程应按工程的结构部位或特点、功能、工程量划分分部工程。

2) 分部工程的规模较大或工程复杂时宜按材料种类、工艺特点、施工工法等,将分部工程划为若干子分部工程。

4. 分部(子分部)工程可由一个或若干个分项工程组成,应按主要工种、材料、施工工艺等划分分项工程。

5. 分项工程可由一个或若干检验批组成。检验批应根据施工、质量控制和专业验收需要划定。

6. 土方工程中涉及地基处理、基坑支护等,应按现行国家标准《建筑地基基础工程施工质量验收规范》(GB50202)等相关规定执行。

7. 桥管的地基与基础、下部结构工程,应按现行《城市桥梁工程施工与质量验收规范》CJJ2 等相关规定执行。

8. 工作井的地基基础、围护结构工程,应按现行国家标准《建筑地基基础工程施工质量验收规范》(GB50202)、《混凝土结构工程施工质量验收规范》(GB50204)、《地下防水工程质量验收规范》(GB50208)、《给水排水构筑物工程施工及验收规范》(GB50141)等相关规定执行。

1.2.2　给水排水管道工程质量验收与评价

1. 给水排水管道工程质量验收应在施工单位自检基础上,按检验批、分项工程、分部(子分部)工程、单位(子单位)工程的顺序进行,并应符合下列规定:

1) 工程施工质量应符合《给水排水管道工程施工及验收规范》(GB50268-2008)和相关专业验收规范的规定;

2) 工程施工质量应符合工程勘察、设计文件的要求;

3) 参加工程施工质量验收的各方人员应具备相应的资格;

4) 工程施工质量的验收应在施工单位自行检查,评定合格的基础上进行;

5) 隐蔽工程在隐蔽前应由施工单位通知监理等单位进行验收,并形成验收文件;

6) 涉及结构安全和使用功能的试块、试件和现场检测项目,应按规定进行见证取样检测;

7) 检验批的质量应按主控项目和一般项目进行验收;每个检查项目的检查数量,除《给水排水管道工程施工及验收规范》GB50268-2008 有关条款有明确规定外,应全数检查;

8) 对涉及结构安全和使用功能的分部工程应进行试验或检测;

9) 承担检测的单位应具有相应资质;

10) 外观质量应由质量验收人员通过现场检查共同确认。

2. 检验批质量验收合格应符合下列规定:

1) 主控项目的质量经抽样检验合格;

2) 一般项目中的实测(允许偏差)项目抽样检验的合格率应达到80%,且超差点的最大偏差值应在允许偏差值的1.5倍范围内;

3) 主要工程材料的进场验收和复验合格,试块、试件检验合格;

4) 主要工程材料的质量保证资料以及相关试验检测资料齐全、正确;具有完整的施工操作依据和质量检查记录。

3. 分项工程质量验收合格应符合下列规定:

1) 分项工程所含的检验批质量验收全部合格;

2) 分项工程所含的检验批的质量验收记录应完整、正确;有关质量保证资料和试验检测资料应齐全、正确。

4. 分部(子分部)工程质量验收合格应符合下列规定:

1) 分部(子分部)工程所含分项工程的质量验收全部合格;

2）质量控制资料完整；

3）分部（子分部）工程中，地基基础处理、桩基础检测、混凝土强度、混凝土抗渗、管道接口连接、管道位置及高程、金属管道防腐层、水压试验、严密性试验、管道设备安装调试、阴极保护安装测试、回填压实等的检验和抽样检测结果应符合《给水排水管道工程施工及验收规范》GB50268-2008的有关规定；

4）外观质量验收应符合要求。

5. 单位（子单位）工程质量验收合格应符合下列规定：

1）单位（子单位）工程所含分部（子分部）工程的质量验收全部合格；

2）质量控制资料应完整；

3）单位（子单位）工程所含分部（子分部）工程有关安全及使用功能的检测资料应完整；

4）涉及金属管道的外防腐层、钢管阴极保护系统、管道设备运行、管道位置及高程等的试验检测、抽查结果以及管道使用功能应符合《给水排水管道工程施工及验收规范》GB50268-2008规定；

5）外观质量验收应符合要求。

6. 给排水管道工程质量验收不合格时，应按下列规定处理：

1）经返工重做或更换管节、管件、管道设备等的检验批，应重新进行验收；

2）经有相应资质的检测单位检测鉴定能够达到设计要求的检验批，应予以验收；

3）经有相应资质的检测单位检测鉴定达不到设计要求，但经原设计单位验算认可，能够满足结构安全和使用功能要求的检验批，可予以验收；

4）经返修或加固处理的分项工程、分部（子分部）工程，改变外形尺寸但仍能满足结构安全和使用功能要求，可按技术处理方案文件和协商文件进行验收。

7. 通过返修或加固处理仍不能满足结构安全或使用功能要求的分部（子分部）工程、单位（子单位）工程，严禁验收。

8. 检验批及分项工程应由专业监理工程师组织施工项目的技术负责人（专业质量检查员）等进行验收。

9. 分部（子分部）工程应由专业监理工程师组织施工项目质量负责人等进行验收。对于涉及重要部位的地基基础、主体结构、非开挖管道、桥管、沉管等分部（子分部）工程，设计和勘察单位工程项目负责人、施工单位技术质量部门负责人应参加验收。

10. 单位工程经施工单位自行检验合格后，应由施工单位向建设单位提出验收申请。单位工程有分包单位施工时，分包单位对所承包的工程应按《给水排水管道工程施工及验收规范》GB50268-2008的规定进行验收，验收时总承包单位应派人参加；分包工程完成后，应及时地将有关资料移交总承包单位。

11. 对符合竣工验收条件的单位工程，应由建设单位按规定组织验收。施工、勘察、设计、监理等单位有关负责人以及该工程的管理或使用单位有关人员应参加验收。

12. 参加验收各方对工程质量验收意见不一致时，可由工程所在地建设行政主管部门或工程质量监督机构协商解决。

13. 单位工程质量验收合格后，建设单位应按规定将竣工验收报告和有关文件，报工程所在地建设行政主管部门备案。

14. 工程竣工验收后，建设单位应将有关文件和技术资料归档。

1.3 《给水排水管道工程施工及验收规范》GB 50268-2008 的主控项目

1.3.1 主控项目的术语

给水排水管道工程中主控项目是指:给水排水管道工程中的对质量、安全、卫生、环境保护和公众利益起决定性作用的检验项目。

1.3.2 土方工程的主控项目

分部工程名称	分项工程名称	检验批主控项目
土方工程	沟槽(基坑)土方开挖与地基处理	原状地基土观察、检查
		地基承载力
		压实度、厚度检查
	沟槽(基坑)土方支护	支撑方式、支撑材料
		支护结构强度、刚度、稳定性
	沟槽(基坑)土方回填	回填材料
		观测沟槽
		管道变形
		压实度

1.3.3 开槽施工管道主体结构工程的主控项目

分部(子分部)工程名称	分项工程名称	检验批主控项目
管道主体结构	管道基础	地基承载力
		混凝土强度
		砂石基础压实度
	钢管接口连接	材料质量
		接口
		错口
		焊口焊接质量
		法兰接口
	金属类管道铺设	埋设深度
金属类管开槽施工工程		管道外观
		管道安装
	钢管内防腐层(水泥砂浆)	材料
		水泥砂浆抗压强度
	钢管内防腐层(环氧涂料)	材料要求
		内防腐层外观
	钢管外防腐层	材料要求
		厚度
		电火化检漏
		粘结力

续表

分部（子分部）工程名称	分项工程名称	检验批主控项目
管道主体结构		
金属类管开槽施工工程	钢管阴极保护	材料要求
		阴极保护
		系统参数
	球墨铸铁管接口连接	材料产品质量
		承插接口连接
		法兰接口
		橡胶圈位置（mm）
混凝土类管、预（自）应力混凝土管开槽施工工程	钢筋混凝土管、预（自）应力混凝土管管道基础	地基承载力
		混凝土强度
		砂石基础压实度
	钢筋混凝土管、预（自）应力混凝土管接口连接	材料产品质量
		柔性接口
		刚性接口
	混凝土类管道铺设	埋设深度
		管道外观
		管道安装
预应力钢筒混凝土管开槽工程	预应力钢筒混凝土管管道基础	地基承载力
		混凝土强度
		砂石基础压实度
	预应力钢筒混凝土管接口连接	材料产品质量
		柔性接口
		刚性接口
	预应力钢筒混凝土管管道铺设	埋设深度
		管道外观
		管道安装
化学建材管道开槽工程	化学建材管道开槽工程管道基础	地基承载力
		混凝土强度
		砂石基础压实度
	化学建材管接口连接	材料产品质量
		管道接口
		聚乙烯、聚丙烯管接口熔焊
		卡箍、法兰等连接件
	化学建材管管道铺设	埋设深度
		管道管壁
		管道安装
现浇钢筋混凝土管渠（廊）	现浇钢筋混凝土管渠基础	天然地基土观察、检查
		地基承载力
		边坡
	现浇钢筋混凝土管渠模板	刚度和稳定性
		模板组装
		隔离剂

分部(子分部)工程名称	分项工程名称	检验批主控项目
管道主体结构	现浇钢筋混凝土管渠(廊)	现浇钢筋混凝土管渠钢筋制作	原材料质量
			加工质量
			钢筋连接
		现浇钢筋混凝土管渠钢筋安装	接头位置
		现浇钢筋混凝土管渠混凝土	原材料
			混凝土强度
			外观
			预埋(件)孔
		现浇钢筋混凝土管渠变形缝	原材料
			止水带位置
			止水带与结构咬合
	装配式混凝土管渠	装配式混凝土管渠基础	天然地基土观察、检查
			地基承载力
			边坡
		装配式混凝土管渠构件预制	原材料
			混凝土强度
			预埋(件)孔
			外观质量
		装配式混凝土管渠预制构件安装	原材料
			缝隙要求
			安装要求
		装配式混凝土管渠变形缝	原材料
			止水带位置
			止水带与结构咬合
	砌筑管渠	砌筑管渠管渠基础	天然地基土观察、检查
			地基承载力
			边坡
		砌筑管渠管渠砖石砌筑	原材料
			砂浆强度
			组砌方式
		砌筑管渠管渠变形缝	原材料
			止水带位置
			止水带与结构咬合

1.3.4 不开槽施工管道主体结构主控项目

分部(子分部)工程名称	分项工程名称	检验批主控项目
管道主体结构	工作井	
	工作井围护结构	位置选择
		地面井口围护
		安全通道
		设备安装、运行
		井内照明、通风
	工作井(沉井)模板	刚度和稳定性
		模板组装
		隔离剂
	工作井(沉井)钢筋加工	原材料质量
		加工质量
		钢筋连接
	工作井(沉井)钢筋安装	接头位置
	工作井(沉井)制作	原材料
		混凝土强度
		外观
	工作井(沉井)下沉及封底	原材料
		混凝土强度
		标高及厚度
		下沉过程
	工作井井内结构	原材料质量
		结构强度、刚度、尺寸
		混凝土抗压强度、抗渗
	顶管	
	直线顶管管道	顶管材料
		接口探伤
		管底坡度
		管道接口
	曲线顶管管道	顶管材料
		接口探伤
		管底坡度
		管道接口
	垂直顶升管道	顶升管道材料
		外观
		管道防水、防腐
	钢管阴极保护	材料要求
		阴极保护
		系统参数

8

分部(子分部)工程名称		分项工程名称	检验批主控项目
管道主体结构	盾构	盾构管片制作	工厂制作产品质量
			现场制作产品质量
			混凝土试块强度、抗渗试块
			外观质量
			钢筋混凝土管片抗渗试验
			单块管片尺寸允许偏差
			管片水平组合拼装检验
		盾构掘进和管片拼装	防水
			螺栓、连接件力学性能
			裂缝、变形
			渗漏情况
			线形
		盾构施工管道钢筋混凝土二次衬砌	钢筋数量与规格
			混凝土强度等级、抗渗
			混凝土外观质量
			防水处理
	浅埋暗挖	浅埋暗挖管道的土层开挖	开挖方法
			开挖断面
		浅埋暗挖管道的初期衬砌	支护钢格栅、钢架加工、安装
			钢筋网安装
			初期衬砌喷射混凝土
		浅埋暗挖管道的防水层	材料、品种、规格
		浅埋暗挖管道的二次衬砌	原材料
			伸缩缝
			混凝土抗压、抗渗
	定向钻	定向钻施工管道接口连接	材料产品质量
			管道接口
			聚乙烯、聚丙烯管接口熔焊
			卡箍、法兰等连接件
		定向钻施工管道	管节、防腐层材料
			管节拼接、钢管外防腐
			接口、管道预水压试验
			管道回拖线形、曲率
		钢管内防腐层(水泥砂浆)	材料
			水泥砂浆抗压强度
		钢管内防腐层(环氧涂料)	材料要求
			内防腐层外观
		钢管外防腐层	材料要求
			厚度
			电火化检漏
			粘结力

给水排水管道工程施工及验收规范

续表

分部(子分部)工程名称	分项工程名称	检验批主控项目
管道主体结构 / 定向钻	钢管阴极保护	材料要求
		阴极保护
		系统参数
夯管	夯管管道接口连接	材料质量
		接口
		错口
		焊口焊接质量
		法兰接口
	夯管施工管道	管节、焊材、防腐层等材料
		拼接、外防腐、接口焊接
		管道线形、渗水
	钢管内防腐层(水泥砂浆)	材料
		水泥砂浆抗压强度
	钢管内防腐层(环氧涂料)	材料要求
		内防腐层外观
	钢管外防腐层	材料要求
		厚度
		电火化检漏
		粘结力
	钢管阴极保护	材料要求
		阴极保护
		系统参数

1.3.5 沉管和桥管施工主体结构主控项目

分部(子分部)工程名称	分项工程名称	检验批主控项目
管道主体结构 / 组对拼装沉管	沉管基槽浚挖及管基处理	中心位置与深度
		沉管基础
	组对拼装管道(段)沉放	检查资料
		组对拼装
		外观检查
	沉放的预制钢筋混凝土管节制作	检查资料
		钢筋、模板、混凝土
		混凝土强度
		外观质量
		抗渗检验
	沉放预制钢筋混凝土管节接口预制加工	钢壳质量
		不平整度
		垂直度
		端面竖向倾斜度
		橡胶圈外观质量

分部(子分部)工程名称	分项工程名称	检验批主控项目
管道主体结构	预制钢筋混凝土沉管	预制钢筋混凝土管的沉放	沉放前、后检查
		裂缝检查
		接口连接
		沉管的稳管及回填	回填材料
		回填工艺
	桥管管道	桥管管道安装	原材料质量
		组对与拼装
		钢管预拼装尺寸(包括长度、管口端面圆度、管口端面与管道轴线垂直度、侧弯曲矢高、跨中起拱度、对口错边)
		管桥位置

1.3.6 管道附属构筑物主控项目

分部(子分部)工程名称	分项工程名称	检验批主控项目
附属构筑物工程	现浇混凝土井室	原材料
		砌筑砂浆强度
	砖砌井室	原材料
		砌筑砂浆强度
		砌筑质量
	预制拼装井室	原材料
	雨水口及支连管安装	原材料
		雨水口位置
		井框、井算
		井内
	支墩安装	原材料
		地基承载力
		砂浆强度

2 给水、排水管道工程施工质量检验控制用表

2.1 单位(分部)工程质量验收表式

2.1.1 单位(子单位)工程质量竣工验收记录

表 B.0.4

编号:_____

工程名称					
施工单位					
管道类型			工程造价		
项目经理		项目技术负责人		制表人	
开工日期	年 月 日		竣工日期	年 月 日	

序号	项 目	验 收 记 录	验 收 结 论 (监理或建设单位填写)
1	分部工程	共 分部,经查 分部, 符合标准及设计要求 分部。	
2	质量控制资料核查	共 项,经审查符合要求 项。 经核定符合规范要求 项	
3	安全和主要使用功能核查及抽查结果	共核查 项,符合要求 项,共抽查 项,符合要求 项,经返工处理符合要求 项。	
4	观感质量检验	共抽查 项,符合要求 项,不符合要求 项。	
5	综合验收结论		

参加验收单位	建设单位	监理单位	施工单位	设计单位	勘察单位
	(单位公章) 项目负责人: (签字) 年 月 日	(单位公章) 总监理工程师: (签字) 年 月 日	(单位公章) 项目经理 : (签字) 年 月 日	(单位公章) 项目负责人: (签字) 年 月 日	(单位公章) 项目负责人: (签字) 年 月 日

注:本表由施工单位制表人填写,总监理工程师(建设单位项目专业技术负责人)组织施工单位项目经理和有关勘察、设计单位项目负责人进行验收,如有其他单位参加可增设签字盖章栏。

2.1.2 分部(子分部)工程检验记录

B.0.3-1 表
编号：＿＿＿＿＿＿＿

工程名称				分部工程名称			
施工单位			项目经理			项目技术负责人	
分包单位			分包单位负责人			分包项目经理	
施工员			质量员			日 期	年 月 日

序号	分项工程名称	检验批数	合格率%	质量情况
1				
2				
3				
4				
5				
6				
7				
8				
9				
10				
11				
12				

质量控制资料	
安全和功能检验(检测)报告	
观感质量验收	

分部(子分部)工程检验结果		平均合格率(%)	

参加验收单位	施工单位	监理(建设)单位	设计单位	勘察单位
	项目经理：(签字) 年 月 日	总监理工程师(或建设单位项目专业技术负责人)：(签字) 年 月 日	项目负责人：(签字) 年 月 日	项目负责人：(签字) 年 月 日

注：本表由施工单位制表人填写，总监理工程师(建设单位项目专业负责人)组织施工项目经理和有关勘察、设计单位项目负责人进行验收，并应按上表进行记录。如有分包单位参加可增设签字盖章栏(重要分部验收要求质量员、技术负责人参加)。

2.1.3 单位(分部)工程检验汇总表

B.0.3-2 表

编号：_____

工程名称			
施工单位			
单位工程名称		分部工程名称	
项目经理	项目技术负责人	制表人	
序号	外观检查	质量情况	
1			
2			
3			
4			
5			
6			
7			
8			
9			
10			
11			
12			
序号	分部(子分部)工程名称	合格率(%)	质量情况
1			
2			
3			
4			
5			
6			
7			
8			
9			
10			
11			
12			
平均合格率(%)			
检查结果			
施工员(签字)	年 月 日	质量检查员(签字)	年 月 日

注：本表由施工单位制表人填写，施工员和质量检查员进行核对确认，并应按上表进行记录。此表的检查结果填写
到 B.0.4 表内。

2.1.4 分项工程质量验收记录

B.0.2表 编号:_____

工程名称						
施工单位						
单位工程名称				分部工程名称		
分项工程				检验批数		
分包单位			分包项目经理		施工班组长	
项目经理		项目技术负责人			制表人	

序号	检验批部位、区段	施工单位自检情况		监理(建设)单位验收情况	
		合格率(%)	检验结论	合格率(%)	检验结论
1					
2					
3					
4					
5					
6					
7					
8					
9					
10					
11					
12					
平均合格率(%)					

施工单位检查结果	项目质量检查员(签字): 项目技术负责人(签字): 年　月　日	验收结论	监理工程师(签字): (或建设单位项目专业技术负责人): 年　月　日

注:本表由施工单位制表人填写,监理工程师(建设单位项目技术负责人)组织施工单位项目技术负责人及质量检查员等
　　进行验收,并应按上表进行记录。(此处增加了"质量检查员",以突出质量检查员的质量责任)。(关键分项工程要求
　　设计单位参加时,增加设计单位参加人员签字)

2.1.5 检验批质量检验记录

表 B.0.1

编号：000000□□

工程名称		分部工程名称	
施工单位		施工项目经理 / 项目经理	
分包单位		分包项目经理	
工程数量		验收部位（桩号或井号）	
交方班组		接方班组	
		检验频率	
		项目技术负责人	

检查日期　年　月　日

检查项目	序号	检查内容	检验依据/允许（规定值或±偏差值）	范围	点数	检查结果 实测值或偏差值 / 实测点 1	2	3	4	5	6	7	8	9	10	应测点数	合格点数	合格率（%）
主控项目	1																	
	2																	
	3																	
	4																	
一般项目	1																	
	2																	
	3																	
	4																	
平均合格率（%）																		

施工单位检查评定结论

监理（建设）单位意见

项目专业质量检查员：（签字）　施工员　施工班组长

监理工程师：（签字）

（或建设单位项目专业技术负责人）　年　月　日

注：1. 本表由施工项目专业质量检查员（制表人）填写，监理工程师（建设单位项目技术负责人）组织项目专业质量检查员等进行验收，并应按上表进行记录。编号前两位00为分部编号，中间两位00为子分部编号，后两位00为分项工程编号，□□为检验批编号，凡是没有子分部的分部工程其中间编号全为"00"以满足编码框架需要。
2. 平均合格率计算时主控项目不参与评定。

16

2.2 单位（子单位）分部（子分部）分项工程、检验批划分编码表

给水排水管道工程

单位（子单位）工程名称：开（挖）槽施工管道工程 大型顶管工程 大型桥管工程 盾构管道工程 浅埋暗挖管道工程 大型沉管工程 大型桥管工程

（可分为一种或几种组合为一个单位工程）

序号	分部工程名称	子分部工程名称	分项工程名称	检验批名称	检验批编码
1	土方工程 01	00	沟槽（基坑）土方开挖与地基处理 01	沟槽（基坑）土方开挖与地基处理 01	01 00 01 01
2			沟槽（基坑）土方支护 02	沟槽（基坑）土方支护 01	01 00 02 01
3			沟槽（基坑）土方回填 03	沟槽（基坑）土方回填 01	01 00 03 01
4	管道主体工程 02	金属类管开槽施工工程 01	管道基础 01	管道基础 01	02 01 01 01
5			钢管接口连接 02	钢管接口连接 01	02 01 02 01
6			※金属类管道铺设 03	管道铺设 01	02 01 03 01
7			钢管内防腐层（水泥砂浆）04	钢管内防腐层（水泥砂浆）01	02 01 04 01
8			钢管内防腐层（环氧涂料）05	钢管内防腐层（环氧涂料）01	02 01 05 01
9			钢管外防腐层 06	钢管外防腐层 01	02 01 06 01
10			钢管阴极保护 07	钢管阴极保护 01	02 01 07 01
11			球墨铸铁管接口连接 08	球墨铸铁管接口连接 01	02 01 08 01
12		混凝土类管、预（自）应力混凝土管开槽施工工程 02	※管道基础 01	管道基础 01	02 02 01 01
13			钢筋混凝土管、预（自）应力混凝土管接口连接 02	钢筋混凝土管、预（自）应力混凝土管接口连接 01	02 02 02 01
14			※混凝土类管道铺设 03	管道铺设 01	02 02 03 01
15		预应力钢筒混凝土管开槽施工工程 03	※管道基础 01	管道基础 01	02 03 01 01
16			※预应力钢筒混凝土管接口连接 02	预应力钢筒混凝土管接口连接 01	02 03 02 01
17			※管道铺设 03	管道铺设 01	02 03 03 01

序号	分部工程	分项工程	编号	分项工程	编号	编号
18	化学建材管道开槽工程 04	※管道基础	01	管道基础	01	02 04 01 01
19		化学建材管接口连接	02	化学建材管接口连接	01	02 04 02 01
20		※管道铺设	03	管道铺设	01	02 04 03 01
21	※现浇钢筋混凝土管渠（廊）05 注：参照《给水排水构筑物工程施工及验收规范》GB50141-2008	管渠基础	01	管渠基础	01	02 05 01 01
22		管渠模板	02	管渠模板	01	02 05 02 01
23		管渠钢筋制作	03	管渠钢筋制作	01	02 05 03 01
24		管渠钢筋安装	04	管渠钢筋安装	01	02 05 04 01
25		管渠混凝土	05	管渠混凝土	01	02 05 05 01
26		管渠变形缝	06	管渠变形缝	01	02 05 06 01
27	※装配式混凝土管渠 06 注：参照《给水排水构筑物工程施工及验收规范》GB50141-2008	管渠基础	01	管渠基础	01	02 06 01 01
28		管渠构件预制	02	管渠构件预制	01	02 06 02 01
29		管渠预制构件安装	03	管渠预制构件安装	01	02 06 03 01
30		管渠变形缝	04	管渠变形缝	01	02 06 04 01
31	※砌筑管渠 07 注：参照《给水排水构筑物工程施工及验收规范》GB50141-2008	管渠基础	01	管渠基础	01	02 07 01 01
32		管渠砖石砌筑	02	管渠砖石砌筑	01	02 07 02 01
33		管渠变形缝	03	管渠变形缝	01	02 07 03 01
34	工作井 08 注：参照《给水排水构筑物工程施工及验收规范》GB50141-2008	※工作井围护结构	01	工作井围护结构	01	02 08 01 01
35		※工作井（沉井）模板	02	工作井（沉井）模板	01	02 08 02 01
36		※工作井（沉井）钢筋加工	03	工作井（沉井）钢筋加工	01	02 08 03 01
37		※工作井（沉井）钢筋安装	04	工作井（沉井）钢筋安装	01	02 08 04 01
38		※工作井（沉井）制作	05	工作井（沉井）制作	01	02 08 05 01
39		※工作井（沉井）下沉及封底	06	工作井（沉井）下沉及封底	01	02 08 06 01
40		工作井井内结构	07	工作井井内结构	01	02 08 07 01

管道主体工程 02

						01	
41	管道主体工程 02	顶管	09	直线顶管管道	01	01	02 09 01 01
42				曲线顶管管道	02	01	02 09 02 01
43				垂直顶升管道	03	01	02 09 03 01
44				※钢管阴极保护	04	01	02 09 04 01
45		盾构	10	盾构管片制作	01	01	02 10 01 01
46				盾构掘进和管片拼装	02	01	02 10 02 01
47				盾构施工管道钢筋混凝土二次衬砌	03	01	02 10 03 01
48		浅埋暗挖	11	浅埋暗挖管道的土层开挖	01	01	02 11 01 01
49				浅埋暗挖管道的初期衬砌	02	01	02 11 02 01
50				浅埋暗挖管道的防水层	03	01	02 11 03 01
51				浅埋暗挖管道的二次衬砌	04	01	02 11 04 01
52		定向钻	12	※定向钻施工管道接口连接	01	01	02 12 01 01
53				定向钻施工管道	02	01	02 12 02 01
54				※钢管内防腐层（水泥砂浆）	03	01	02 12 03 01
55				※钢管内防腐层（环氧涂料）	04	01	02 12 04 01
56				※钢管外防腐层	05	01	02 12 05 01
57				※钢管阴极保护	06	01	02 12 06 01
58		夯管	13	※夯管管道接口连接	01	01	02 13 01 01
59				夯管施工管道	02	01	02 1302 01
60				※钢管内防腐层（水泥砂浆）	03	01	02 13 03 01
61				※钢管内防腐层（环氧涂料）	04	01	02 13 04 01
62				※钢管外防腐层	05	01	02 13 05 01
63				※钢管阴极保护	06	01	02 13 06 01

序号	分部工程	子分部工程	分项工程	分项工程	分项号	编号
64	管道主体工程 02	组对拼装沉管 14	沉管基槽浚挖及管基处理	沉管基槽浚挖及管基处理	01	02 14 01 01
65			组对拼装管道（段）沉放	组对拼装管道（段）沉放	02	02 14 02 01
66			沉放的预制钢筋混凝土管节制作	沉放的预制钢筋混凝土管节制作	03	02 14 03 01
67			沉放预制钢筋混凝土管节接口预制加工	沉放预制钢筋混凝土管节接口预制加工	04	02 14 04 01
68		预制钢筋混凝土沉管 15	预制钢筋混凝土管节的沉放	预制钢筋混凝土管节的沉放	01	02 15 01 01
69			沉管的稳管及回填	沉管的稳管及回填	02	02 15 02 01
70		桥管管道 16	桥管管道安装	桥管管道安装	01	02 16 01 01
71	附属构筑物工程 03	00	现浇混凝土井室	现浇混凝土井室	01	03 00 01 01
72			※ 砖砌井室	砖砌井室	02	03 00 02 01
73			※ 预制拼装井室	预制拼装井室	03	03 00 03 01
74			雨水口及支连管安装	雨水口及支连管安装	04	03 00 04 01
75			支墩安装	支墩安装	05	03 00 05 01

说　明

1. 根据分部分项划分的第一条说明，一个市政给水排水管道工程就是不同的结构形式的不同的单位工程（子单位工程），即：一个单位工程可以是 1.1 开（挖）槽施工管道工程；1.2 大型顶管工程；1.3 大型桥管工程；1.4 盾构管道工程；1.5 浅埋暗挖管道工程；1.6 大型沉管工程；1.7 大型桥管工程的一种或几种的组合。

编码中附则是在已经列出子分项出来表中已经列出分项工程名称而在前面的"质量验收标准"中未提供的，如：现浇钢筋混凝土管渠、顶管的工作井围护型结构，工作井围护型的结构构造中没有的，在编排时进行了添加；第三是提供类似的结构构造而没有进行了添加；第四是相同的工序不同的子分部进行合并，可以在右上角的检验批的编号合并并列其上，各取所需，如：（1）管道基础；（2）管道铺设；（3）钢管阴极保护。同一张检验批判表格。

3. 从分部分表的正面理解，金属类检验批中的金属类结构主体结构中的金属类管段。

在理解时只能格其拆开，以合并的子分部名称来进行称谓：预制管开槽施工管道工程。

4. 从子分部分表中栏出出来了子子分部工程，混凝土、混凝土井类型，预（自）应力混凝土管开槽施工类型，有待于从建筑工程施工质量验收标准相应规范中移花续接上的要求，否则，也不完善，方才能满足操作上的需求。

5. "质量验收标准"中统计只共有 34 个分项，而实际上远远不够，而置添加部分需进一步推敲斟酌。的部分从单位工程划分的分部、分项、子分项表中提供，我们在检验批划分表中提出，只在分项、分部、单位工程划分的分部中提供，无内容参照《给水排水构筑物工程施工及验收规范》（GB50141-2008）的有关内容执行。

6. 根据本规范管渠（廊）无内容安排，只在分项、分部、单位工程划分的分部中提供，无内容参照《给水排水构筑物工程施工及验收规范》（GB50141-2008）的有关内容执行。

3 分项工程检验批质量验收记录表

目 录

工作井沉井制作

工作井下沉及封底

工作井井内结构

直线顶管管道施工

曲线顶管管道施工

垂直顶升管道施工

盾构管片制作 1

盾构管片制作 2

盾构管片制作 3

盾构掘进和管片拼装 1

盾构掘进和管片拼装 2

盾构施工钢筋混凝土二次衬砌

浅埋暗挖管道的土层开挖

浅埋暗挖管道的初期衬砌 1

浅埋暗挖管道的初期衬砌 2

浅埋暗挖管道的防水层

浅埋暗挖管道的二次衬砌

定向钻施工管道

夯管施工管道

沉管基槽浚挖及管基处理

组对拼装管道沉放

预制钢筋混凝土管节制作

钢筋混凝土管节接口预制加工

预制钢筋混凝土管的沉放

沉管的稳管及回填

桥管管道安装 1

桥管管道安装 2

现浇混凝土井室

砖砌井室

预制拼装井室

雨水口及支、连管安装(雨水吸支、连管安装)

管道支墩安装

3.1 土方工程用表

3.1.1 沟槽(基坑)土方开挖检验批质量检验记录

表 B.0.1

编号: 010001□□

工程名称		分部工程名称		沟槽(基坑)土方开挖
施工单位		施工员		项目经理
分包单位		分包项目经理		施工班组长
工程数量		验收部位(桩号或井号)		项目技术负责人
交方班组		接方班组		检查日期　　年　月　日

检查项目	序号	检查内容	检验依据/允许偏差值(规定值或实测偏差值)	检查数量 范围	检查数量 点数	检查结果/实测点偏差值或实测值 1	2	3	4	5	6	7	8	9	10	应测点数	合格点数	合格率(%)
主控项目	1	原状地基土观察、检查	原状地基土不得扰动、泡或受水浸	全数		见施工记录												
	2	地基承载力	满足设计要求	全数		检验报告编号:												
	3	压实度、厚度检查	压实度、厚度满足设计要求	全数		检验报告编号:												
一般项目	1	槽底高程(mm)	土方 ±20	两井之间	3													
			石方 +20、-200															
	2	槽底中线每侧宽度	不小于规定	两井之间	6													
	3	沟槽边坡	不陡于规定	两井之间	6													
平均合格率(%)																		

施工单位检查评定结论	项目专业质量检查员:(签字)　　　　　　　年　月　日
监理(建设)单位意见	监理工程师:(签字) (或建设单位项目专业技术负责人):(签字)　　　　　　　年　月　日

注: 1. 本表由施工项目专业质量检查员填写,监理工程师(建设单位项目技术负责人)组织项目专业质量检查员等进行验收,并应按上表进行记录。

3.1.2 沟槽（基坑）支护检验批质量检验记录
表 B.0.1

编号：010002□□

工程名称			分部工程名称		分项工程名称	沟槽（基坑）支护
施工单位			施工员		项目经理	
分包单位			分包项目经理		施工班组长	
工程数量			验收部位（桩号或井号）		项目技术负责人	
交方班组			接方班组		检查日期	年 月 日

检查项目	序号	检查内容	检验依据、允许偏差（规定值）或土偏差值	检查数量		检查结果 / 实测点偏差值或实测值											应测点数	合格点数	合格率（%）
				范围	点数	1	2	3	4	5	6	7	8	9	10			
主控项目	1	支撑方式、支撑材料	支撑方式、材料符合设计要求	查记录															
	2	支护结构强度、刚度、稳定性	支护结构强度、刚度、稳定性符合设计要求	检查施工方案及施工记录															
一般项目	1	支撑形式	支撑不得妨碍下管和稳管	观察	全数													
	2	支撑构件安装	构件安装应牢固、位置正确、安全可靠	观察	全数													
	3	中心线净宽	每侧的净宽不应小于施工方案的净宽要求	10m	1													
	4	钢板桩	轴线位移（mm）>50	10m	1													
			垂直度 >1.5%	10m	1													

平均合格率（%）

施工单位检查评定结论：施工（建设）单位意见

监理（建设）单位意见

监理工程师：（签字）
（或建设单位项目专业技术负责人）
年 月 日

项目专业质量检查员：（签字）

注：本表由施工项目专业质量检查员填写，监理工程师（建设单位项目技术负责人）组织项目专业质量检查员等进行验收，并应按上表进行记录。

3.1.3 沟槽（基坑）回填检验批质量检验记录

表 B.0.1

编号：010003□□

工程名称		分部工程名称		分项工程名称	沟槽（基坑）回填
施工单位		施工员		项目经理	
分包单位		分包项目经理		施工班组长	
工程数量		验收部位（桩号或井号）		项目技术负责人	
交方班组		接交班组		检查日期	年 月 日

检查项目	序号	检查内容	检验依据/允许偏差（规定值或土偏差值）	检查数量		检查结果／实测点偏差值或实测值										应测点数	合格点数	合格率（%）
				范围	点数	1	2	3	4	5	6	7	8	9	10			
主控项目	1	回填材料	材料应符合设计要求	1000 ㎡	1次2组				检测报告编号：									
	2	观测沟槽	沟槽不得带水回填，回填应密实	检查施工记录														
	3	管道变形	柔性管道变形率不得超过设计或规范规定	试验段每50 m	3													
				正常作业段每100 m	3													
一般项目	4	压实度	符合设计与规范要求	每层、每侧	1组													
	1	高程	回填应达到设计高程，表面应平整	10m	1													
	2	管道及附属构筑物	回填时管道及附属构筑物无损伤、沉降、位移	观察、或用水准仪测														

平 均 合 格 率（%）

施工单位意见	
监理（建设）单位意见	

施工项目专业质量检查员填写，监理工程师（建设单位项目专业技术负责人）组织项目专业质量检查员等进行验收，并应按上表进行记录。

项目专业质量检查员：（签字）

监理工程师：（签字）
（或建设单位项目专业技术负责人）：（签字）

年 月 日

注：本表由施工项目专业质量检查员填写。

3.2 开槽施工管道基础用表

表 B.0.1

编号: 020101□□/020201□□/020301□□/020401□□

工程名称		分项工程名称	管道基础
施工单位		分部工程名称	
分包单位		项目经理	
工程数量		分包项目经理	
交方班组		接方班组	施工班组长
验收部位(桩号或并号)		项目技术负责人	
检查数量		检查日期	年 月 日

检查项目	序号	检查内容		检验依据/允许偏差(规定值或偏差值)(mm)	范围	点数	检查结果(实测点偏差值或实测值) 1~10	应测点数	合格点数	合格率(%)
主控项目	1	地基承载力		原状地基处理强度或承载力符合设计要求	检查地基处理强度或承载力检验报告		检验报告编号:			
	2	混凝土强度		标准养护及同条件养护应符合设计要求	每工作班每100m³	各1组	检验报告编号:			
	3	砂石基础压实度		符合设计要求或规范规定			检验报告编号:			
一般项目	1	垫层	中线每侧宽度 压力管道	不小于设计要求	每个验收批	每10m测1点,且不少于3点				
			中线每侧宽度 无压管道	+10,0						
			厚度	0,-15						
	2	混凝土基础、管座	平基 高程	+10,0	每个验收批	每10m测1点,且不少于3点				
			平基 厚度	0,-15						
			管座 肩宽	+10,-5						
			管座 肩高	±20						
	3	土(砂及砂砾)基础	中线每侧宽度 压力管道	±30	每个验收批	每10m测1点,且不少于3点				
			中线每侧宽度 无压管道	0,-15						
			平基厚度	不小于设计要求						
			土弧基础腋角高度	不小于设计要求						

平均合格率(%)

施工单位检查评定结论

监理(建设)单位意见

项目专业质量检查员:(签字)

项目专业技术负责人:(签字) 年 月 日

监理工程师:(签字)

(或建设单位项目专业技术负责人):(签字) 年 月 日

3.3 开槽施工金属管类管道主体结构用表

3.3.1 钢管接口连接检验批质量检验记录

表 B.0.1

编号：020102□□ 021301□□

工程名称		分部工程名称		分项工程名称			钢管接口连接				
施工单位		施工员		项目经理							
分包单位		分包项目经理		施工班组长							
工程数量		验收部位（桩号或并号）					项目技术负责人				
交方班组		接方班组					检查日期			年 月 日	

	序号	检查内容	检验依据、允许偏差（规定值）或土偏差值	检查数量		检查结果／实测点偏差值或实测值										应测点数	合格点数	合格率（%）
				范围	点数	1	2	3	4	5	6	7	8	9	10			
主控项目	1	材料质量	管节、管件及焊接材料应符合规范 5.3.2 条规定		保证资料及记录单编号：													
	2	接口	接口及焊缝坡口应符合规范 5.3.7 条规定	逐口	查记录													
	3	错口	壁厚的 20%，且不大于 2mm	逐口	查记录													
	4	焊口焊接质量	焊口焊缝质量应符合规范 5.3.17 条规定	逐口	查记录 检验报告编号： 焊缝质量检测报告编号：													
	5	法兰接口	接口与管道要同心，螺栓自由穿入，高强螺栓终拧扭矩符合设计要求和有关标准	逐口	查记录													
一般项目	1	接口组对	纵、环缝位置应符合规范 5.3.9 条规定	逐口	查记录													
	2	管节组对	管节组对前，坡口及内外侧焊接影响范围内表面应无油漆、锈、垢、毛刺等污物	逐口	查记录													
	3	不同壁厚管节对接	不同壁厚管节对接应符合规范 5.3.10 条规定	逐口	尺量 查记录													
	4	焊缝层次	按设计或施工作业指导书	逐口	查记录													
	5	法兰与管道中轴线偏差（mm）	D≤300mm ≤1mm >300mm ≤2mm	逐个	查记录													
	6	法兰之间平行	不大于法兰外径的 1.5%，且不大于 2mm，螺孔中心允许偏差为孔径的 5%	逐口	查记录													
平均合格率（%）																		

施工单位检查评定结论	
监理（建设）单位意见	监理工程师：（签字） （或建设单位项目专业技术负责人：（签字） 项目专业质量检查员：（签字） 年 月 日

3.3.2 金属类管道铺设检验批质量检验记录

表 B.0.1

编号：020103□□

工程名称				分部工程名称		分项工程名称	金属类管道铺设
施工单位				施工员		项目经理	
分包单位				分包项目经理		施工班组长	
工程数量				验收部位（桩号或井号）		项目技术负责人	
交方班组				接方班组		检查日期	年 月 日

检查项目	序号	检查内容		检验依据/允许偏差（规定值或±偏差值）	检查数量		检查结果／实测点偏差值或实测值										应测点数	合格点数	合格率(%)
					范围	点数	1	2	3	4	5	6	7	8	9	10			
主控项目	1	埋设深度		管道埋设深度、轴线位置应符合设计要求，无压力管道严禁倒坡。	检查施工记录、测量记录														
	2	管道外观		刚性管道无结构贯通裂缝和明显缺损情况	观察、查技术资料														
	3	管道安装		安装必须稳固，管道安装后应线形平直	观察、查测量记录														
一般项目	1	管道开孔		不得在干管的纵向、环向焊缝处开孔；管道上任何位置不得开方孔；不得在短管节上或配件上开孔；开孔处加固补强应符合设计要求	逐个观察														
	2	水平轴线（mm）	无压管道	15	每管节	1													
			有压管道	30															
	3	管底高程（mm）	D_i≤1000 无压管道	±10	每管节	1													
			有压管道	±30															
			D_i>1000 无压管道	±15															
			有压管道	±30															
平均合格率（%）																			

施工单位检查评定结论	
	项目专业质量检查员：（签字） 项目专业技术负责人：（签字） 年 月 日

监理（建设）单位意见	
	监理工程师：（签字） （或建设单位项目专业技术负责人）：（签字） 年 月 日

注：本表由施工项目专业质量检查员填写，监理工程师（建设单位项目专业技术负责人）组织项目专业质量检查员等进行验收，并应按上表进行记录。

3.3.3 钢管内防护层（水泥砂浆）检验批质量检验记录

表 B.0.1

编号: 020104□□　021203□□　021303□□□

工程名称		分项工程名称	钢管（水泥砂浆）内防护层
施工单位		项目经理	
分包单位		施工班组长	
工程数量		项目技术负责人	
交方班组		检查日期	年　月　日
验收部位（桩号或并号）			
接方班组			

序号	检查内容	检验依据/允许偏差（规定值）或土偏差值	检查数量 范围	检查数量 点数	检查结果／实测点偏差值或实测值										应测点数	合格点数	合格率（%）
					1	2	3	4	5	6	7	8	9	10			
主控项目 1	材料	符合国家相关标准和设计	按批														
主控项目 2	水泥砂浆抗压强度	不低于 30MPa	按批		进场验收记录： 试验报告单编号：												
一般项目 1	裂缝宽度(mm)	≤0.8	每节	每处													
一般项目 2	裂缝沿管道纵向长度	≤管道的周长，且≤2.0m	每节														
一般项目 3	平整度(mm)	<2mm															
一般项目 4	防腐层厚度(mm)	D₁≤1000 ±2		取两个截面，每个截面测 2 点，取偏差值最大 1 点													
		1000<D₁≤1800 ±3															
		D₁>1800 +4，-3															
一般项目 5	麻点、空窝等表面缺陷的深度(mm)	D₁≤1000 2	每节														
		1000<D₁≤1800 3															
		D₁>1800 4															
一般项目 6	缺陷面积	≤500mm²	每处														
一般项目 7	空鼓面积	不得超过 2 处，且每处≤10000mm²	每平方米														

平 均 合 格 率（%）

施工单位检查评定结论：　项目专业质量检查员：（签字）
年　月　日

监理（建设）单位意见：　监理工程师：（签字）
（或建设单位项目专业技术负责人）
年　月　日

注：本表由施工项目专业质量检查员填写，监理工程师（建设单位项目专业技术负责人）组织项目专业质量检查员等进行验收，并应按上表进行记录。

3.3.4 钢管内防护层（环氧涂料）检验批质量检验记录

表 B.0.1

编号：020105□　021204□　021304□

工程名称		分部工程名称		分项工程名称	钢管（环氧涂料）内防护层
施工单位		施工员		项目经理	
分包单位		分包项目经理		施工班组长	
工程数量		验收部位（桩号或井号）		项目技术负责人	
交方班组		接方班组		检查日期	年　月　日

检查项目	序号	检查内容	检验依据/允许偏差（规定值或允许偏差值）（mm）	检查数量 范围	检查数量 点数	检查结果／实测点偏差值或实测值 1	2	3	4	5	6	7	8	9	10	应测点数	合格点数	合格率（%）
主控项目	1	材料要求	防腐层材料应符合国家相关标准和设计要求	每批次	1次	产品检验报告编号：成品管进场验收记录												
	2	内防腐层外观	液体环氧涂料内腐层表面应平整、光滑，无气泡，无划痕等，湿膜应无流淌现象	查施工记录														
一般项目	1	干膜厚度（μm）	普通级 ≥200	每根（节）管	两个断面各4点													
			加强级 ≥250															
			特加强级 ≥300															
	2	电火化试验漏点数	普通级 3	个/m²	连续检测													
			加强级 1															
			特加强级 0															
平均合格率（%）																		

施工单位检查评定结论	项目专业质量检查员：（签字） 项目专业技术负责人：（签字）　　年　月　日
监理（建设）单位意见	监理工程师：（签字） （或建设单位项目专业技术负责人）：（签字）　　年　月　日

注：本表由施工项目专业质量检查员填写，监理工程师（建设单位项目技术负责人）组织项目专业质量检查员等进行验收，并应按上表进行记录。

3.3.5 钢管外防护层检验批质量检验记录
表 B.0.1

编号: 020106□□　021205□□　021305□□

工程名称		分部工程名称		分项工程名称	钢管外防护层
施工单位		施工员		项目经理	
分包单位		分包项目经理		施工班组长	
工程数量		验收部位（桩号或井号）		项目技术负责人	
交方班组		接方班组		检查日期	年　月　日

检查项目	序号	检查内容		检验依据/允许偏差（测定值或土偏差值）	检查数量		产品检验报告编号： 成品管进场验收记录： 检查结果／实测值										应测点数	合格点数	合格率（%）
					范围	点数	1	2	3	4	5	6	7	8	9	10			
主控项目	1	材料要求		防腐层材料应符合国家相关标准和设计要求	每批次	1次													
	2	厚度	防腐成品管	符合本规范第5.4.9条相关规定	每20根1组，（不足按1组）	逐个检测，每个随机抽查1个													
			补口			面，相互垂直测4点													
			补伤			逐个检测，每个随机测1点													
	3	电火花检漏			全数检查														
	4	粘结力	防腐成品管		每20根1组，（不足1组）每组1处														
			补口		每20个补口1处														
一般项目	1	表面除锈质量		钢管表面除锈质量等级应符合设计要求	检查厂家提供的等级报告检查补口处除锈施工方案														
	2	外观质量	石油沥青涂料、环氧煤沥青涂料		观测：查施工记录	外观均匀无褶皱、空泡、凝块													
			环氧树脂玻璃钢			外观平整光滑、色泽均匀、无流挂、起壳和固化不完全等缺陷													
	3	防腐层搭接		外防腐层材料搭接、补伤搭接应符合设计要求	观测：查施工记录	外防腐层材料搭接、补伤搭接应符合设计要求													
平均合格率（%）																			
施工单位检查评定结论																			
监理（建设）单位意见																			

施工单位检查评定结论：项目专业质量检查员：（签字）　　项目专业技术负责人：（签字）　　年　月　日

监理（建设）单位意见：监理工程师：（签字）（或建设单位项目专业技术负责人：（签字）　　年　月　日

31

3.3.6 钢管阴极保护检验批质量检验记录
表 B.0.1 钢管阴极保护检验批质量检验记录

编号: 020107□□ 020904□□ 021206□□ 021306□□

工程名称				分部工程名称		钢管阴极保护
施工单位				分项工程名称		项目经理
分包单位				分包项目经理		施工班组长
工程数量				施工员		
交方班组				项目技术负责人		
验收部位(桩号或井号)				检查日期		年 月 日
接方班组						

检查项目	序号	检查内容	检验依据/允许偏差(规定值或土偏差值)	检查数量 范围	检查数量 点数	检查结果/实测点偏差值或实测值 1 2 3 4 5 6 7 8 9 10	应测点数	合格点数	合格率(%)
主控项目	1	材料要求	钢管阴极保护所用的材料、设备等应符合国家有关标准和设计要求	相关标准和设计文件		产品保证资料: 成品管进场验收记录:			
	2	阴极保护	管道系统的电绝缘性、电连续性经检测满足阴极保护要求	全线					
	3	系统参数	符合规范规定	按 SY/T0023					
一般项目	1	阴极、辅助阴极	管道系统中阴极、辅助阴极安装符合本规范第5.4.13、5.4.14条规定	逐个检查					
	2	连接点防腐	所有连接处做好防腐处理，与管道连接处的防腐材料应与管道相同	逐个检查		防腐材料合格证及检验报告: 施工记录及测试记录:			
	3 测试桩装置	测试桩埋设	顶面高地面400mm以上	逐个观察					
		电缆、引线铺设	符合设计要求，所有引线应保持一定松弛度，并连接可靠牢固	逐个观察					
		接线盒	接线盒内各类电缆应接线正确，测试桩的箱门应启闭灵活，密封良好	逐个观察					
		检查片	检查片的材质应与被保护管道相同，尺寸、数量与位置符合设计要求，距管道外不小于300mm	逐个观察					
		参比电极	参比电极选用、位置及埋设深度应符合设计要求	逐个观察					
平均合格率(%)									
施工单位检查评定结论									
监理(建设)单位意见									

施工单位项目专业质量检查员填写

项目专业质量检查员: (签字)   年 月 日

监理工程师: (签字)

(或建设单位项目专业技术负责人) 组织项目专业技术负责人、专业质量检查员等进行验收，并应按上表进行记录。

项目专业技术负责人: (签字)   年 月 日

注: 本表由施工项目专业质量检查员填写，监理工程师(建设单位项目专业技术负责人)组织项目专业质量检查员等进行验收，并应按上表进行记录。

3.3.7 球墨铸铁管接口连接检验批质量检验记录
表B.0.1

编号：020108□□

工程名称		分部工程名称	球墨铸管接口连接
施工单位		施工员	项目经理
分包单位		分包项目经理	施工班组长
工程数量			项目技术负责人
交方班组			检查日期　　年　月　日
验收部位（桩号或井号）		接口数量	

检查项目	序号	检查内容	检验依据/允许偏差（规定值或±偏差值）	检查数量（范围）	点数	检查结果／实测点偏差值或实测值 1 2 3 4 5 6 7 8 9 10	应测点数	合格点数	合格率（%）
主控项目	1	材料产品质量	所有材料质量符合本规范5.5.1有关规定	进场批次	按规范	产品质量保证资料编号：			
	2	承插接口连接	两管节中轴线应保持同心，承口、插口部位无破损、变形、开裂；插口推入深度应符合要求	逐个观察施工记录					
	3	法兰接口	法兰压盖应均匀一致，拧扭矩应符合设计或说明书要求，连接部位符合件无变形、破损	逐个接口检查，用扭矩扳手检查、检查螺栓拧紧记录	全数 1				
	4	橡胶圈位置（mm）	±3						
一般项目	1	管节平顺度	接口无张起、弯弯、轴向位移现象	观察、查测量记录	每处 1				
	2	环向间隙（mm）	<3						
	3	法兰接口压兰	螺栓和螺母等连接件规格型号一致，采用钢制螺栓和螺母时，防腐处理应符合设计要求	逐个接口检查					
	4	曲线安装允许转角	管径 D（mm）　　　允许转角（°） 75～600　　　　3 700～800　　　　2 ≥900　　　　　　1	用尺量曲线段每个接口					

平均合格率（%）

施工单位检查评定结论

监理（建设）单位意见

项目专业质量检查员：（签字）

项目专业技术负责人：（签字）

监理工程师：（签字）

（或建设单位项目专业技术负责人）：（签字）

　　　　　年　月　日

注：本表由施工单位项目专业质量检查员填写，监理工程师（建设单位项目专业技术负责人）组织项目专业质量检查员等进行验收，并应按上表进行记录。

3.4 开槽施工钢筋混凝土类管道主体结构用表

3.4.1 钢筋混凝土类管接口连接检验批质量验收记录

表 B.0.1

编号：020202□□　020302□□

工程名称		分部工程名称		钢筋混凝土管类接口连接
施工单位		分项工程名称		项目经理
分包单位		施工员		施工班组长
工程数量		分包项目经理		项目技术负责人
交方班组		验收部位（桩号或井号）		检查日期　　年　月　日

检查项目	序号	检查内容	检验依据/允许偏差（规定值或土偏差值）	检查数量 范围	检查数量 点数	检查结果 1	2	3	4	5	6	7	8	9	10	应测点数	合格点数	合格率（%）
主控项目	1	材料产品质量	管及管件、橡胶圈的产品质量符合本规范有关规定	进场批次	按规范	产品质量保证资料编号：												
	2	柔性接口	橡胶圈位置正确，无扭曲、无裂；露预象，承口、插口无破损、开裂；双道橡胶圈的单口水压试验合格	逐个观察、检查单口水压记录														
	3	刚性接口	接口砂浆及混凝土试块抗压强度符合设计要求，不得有开裂、空鼓、脱落现象	查砂浆及混凝土试块抗压强度试验报告														
一般项目	1	柔性接口纵向间隙	柔性接口的安装位置正确，其纵向间隙应符合规范有关规定	逐个检查，检查施工记录														
	2	相邻接口错口（mm）	$D_i \leq 700$ 自检	两井之间	3													
			$700 < D_i \leq 1000$ ≯3	两井之间	3													
			$D_i > 1000$ ≯5	两井之间	3													
	4	曲线安装	管道曲线安装范围、接口及转角处应符合规范第5.6.9、5.7.5条的规定	曲线段每个接口														
	5	接口填缝	管道接口填缝应符合设计要求，密实、洽治、平整	检查材料质量、检查施工配合记录														

平均合格率（%）	
施工单位检查评定结论	项目专业质量检查员：（签字） 　　年　月　日
监理（建设）单位意见	监理工程师：（签字） （或建设单位项目专业技术负责人）：（签字） 　　年　月　日

注：本表由施工项目专业质量检查员填写，监理工程师（建设单位项目专业技术负责人）组织项目专业质量检查员等进行验收，并应按上表进行记录。

3.4.2 钢筋混凝土类管道铺设检验批质量检验记录

表 B.0.1

编号：020203□□　020303□□

工程名称		分部工程名称		分项工程名称	钢筋混凝土类管道铺设
施工单位				项目经理	
分包单位		施工员		施工班组长	
工程数量		分包项目经理		项目技术负责人	
交方班组		接方班组		检查日期	年 月 日

检查项目	序号	检查内容	检验依据/允许偏差（规定值或±偏差值）		范围	点数	检查结果／实测点偏差值或实测值										应测点数	合格点数	合格率（%）
							1	2	3	4	5	6	7	8	9	10			
主控项目	1	埋设深度	管道埋设深度、轴线位置应符合设计要求，无压力管道严禁倒坡。		检查施工记录、测量记录														
	2	管道外观	刚性管道无结构质通裂缝和明显缺损情况。		观察、查技术资料														
	3	管道安装	管道安装必须稳固，管道安装后应安装平直。		观察、查测量记录														
一般项目	1	水平轴线（mm）	无压管道	15	每管节	1													
			有压管道	30															
	2	管底高程（mm）	D_i≤1000 无压管道	±10	每管节	1													
			D_i≤1000 有压管道	±30															
			D_i>1000 无压管道	±15															
			D_i>1000 有压管道	±30															

平 均 合 格 率 （%）

施工单位检查评定结论	
	项目专业质量检查员：（签字）
	年 月 日

监理（建设）单位意见	
	监理工程师：（签字）
	（或建设单位项目专业技术负责人）： （签字）
	年 月 日

注：本表由施工项目质量检查员填写，监理工程师（建设单位项目专业技术负责人）组织项目专业质量检查员等进行验收，并应按本表进行记录。

3.5 开槽施工化学建材管类管道主体结构用表

3.5.1 化学建材管接口连接检验批质量验收记录
表 B.0.1

编号： 020402□□   021201□□

工程名称				分部工程名称						化学建材管接口连接			
施工单位				分项工程名称									
分包单位				施工员						项目经理			
工程数量				分包项目经理						施工班组长			
交方班组				验收部位（桩号或井号）						项目技术负责人			
				接方班组						检查日期		年 月 日	

检查项目	序号	检查内容	检验依据/允许偏差（规定值或土偏差值）	检查数量		检查结果 / 实测点偏差或实测值										应测点数	合格点数	合格率(%)
				范围	点数	1	2	3	4	5	6	7	8	9	10			
主控项目	1	材料产品质量	管及管件、橡胶圈的产品质量符合本规范 5.8.1、5.9.1 规定	进场批次	产品质量保证资料编号：成品管进场验收记录：													
	2	管道接口	承口、插口部位及套筒连接紧密，无破损、变形、开裂等现象，插入后胶圈位置正确、无扭曲现象，双道橡胶圈的单口水压试验合格	按规范	逐个接口检查，检查施工方案及记录、水压记录													
	3	聚乙烯、聚丙烯管接口熔焊	焊缝应完整，无缺损、变形；焊接力学性能不低于母材，凸缘无气孔、鼓包、裂缝，对接错边量符合要求		检查熔接工艺试验报告、相关记录、作业指导书，焊接力学性能检测报告													
	4	卡箍、法兰等连接件	卡箍、法兰等连接件符合要求	逐个检查	逐个检查													
一般项目	1	相邻管口	承插式接口插入深度符合要求；相邻管口纵向间隙≥10mm		逐个检查，检查施工记录													
	2	管道接口	承插式管道沿曲线安装时的接口纵向转角的玻璃钢管不应大于规范 5.8.3 的规定：聚乙烯、聚丙烯管的接口转角≤1.5°；硬聚乙烯管的接口转角≤1.0°		逐个检查，检查施工记录													
	3	熔焊连接设备	熔焊连接设备的控制参数满足焊接工艺要求；设备及组合件组装正确		查焊接设备质量合格证明书、校验记录、记录													
	4	连接件防腐	钢制部分及配件防腐符合设计要求		逐个检查，查产品质量合格件、验收报告													
平 均 合 格 率（%）																		

施工单位检查评定结论	
监 理（建设）单位意见	项目专业质量检查员：（签字） 项目专业技术负责人：（签字） 监理工程师：（签字） （或建设单位项目专业技术负责人）：（签字） 年　　月　　日

注：本表由施工项目质量检查员填写，监理工程师（建设单位项目专业技术负责人）组织项目专业质量检查员等进行验收，并应按上表进行记录。

3.5.2 柔性管铺设检验批质量检验记录
表 B.0.1

编号: 020403□□　柔性管道铺设

工程名称		分部工程名称	
施工单位		施工员	分项工程名称
分包单位		分包项目经理	项目经理
工程数量			施工班组长
交方班组	验收部位(桩号或井号)·按方班组		项目技术负责人
		检查日期	年　月　日

检查项目	序号	检查内容	检验依据/允许偏差(规定值或±偏差值)	检查数量(范围 / 点数)	检查结果 / 实测点偏差值或实测值 1 2 3 4 5 6 7 8 9 10	应测点数	合格点数	合格率(%)
主控项目	1	埋设深度	管道埋设深度应符合设计要求，无压力管道严禁倒坡。	检查施工记录、测量记录				
	2	管道管壁	管壁不得出现纵向隆起、环向扁平和其他变形。	观察、查施工记录、测量记录				
	3	管道安装	安装必须稳固，管道安装后应线形平直。	观察、查测量记录				
一般项目	1	水平轴线(mm) 无压管道 / 有压管道	15 / 30	每管节	1			
	2	管底高程(mm) D₁≤1000 无压管道/有压管道	±10 / ±30	每管节	1			
		D₁>1000 无压管道/有压管道	±15 / ±30					

平均合格率(%)

施工单位检查评定结论

监理(建设)单位意见

监理工程师:(签字)　　　　　　　项目专业质量检查员:(签字)
(或建设单位项目专业技术负责人):　项目专业技术负责人:(签字)

年　月　日　　　　　　　　　　　　　年　月　日

注: 本表由施工项目专业质量检查员填写，监理工程师(建设单位项目专业技术负责人)组织项目专业质量检查员等进行验收，并应按工表进行记录。

3.6 管渠工程用表

3.6.1 管渠基础检验批质量检验记录

表 B.0.1

编号: 020501□□/020601□□/020701□□

工程名称		分部工程名称		分项工程名称	管渠基础地基
施工单位		项目经理		项目经理	
分包单位		分包项目经理		施工员	
工程数量		验收部位（桩号或井号）		施工班组长	
交方班组		接方班组		项目技术负责人	
检查数量		检查日期			年 月 日

检查项目	序号	检查内容	检验依据/允许偏差（规定值）或偏差值（mm）	范围	点数	检查结果/实测点偏差值或实测值 1	2	3	4	5	6	7	8	9	10	应测点数	合格点数	合格率（%）
主控项目	1	天然地基土观察、检查	基底不应浸泡或受冻；天然地基不得扰动、超挖	观察		地基处理资料见施工记录：												
	2	地基承载力	符合设计要求	检查		验槽（槽）记录：承载力检验报告：												
	3	边坡	基坑边坡稳定，围护结构安全可靠，无变形、沉降、位移，无线流沙、基底无隆起沉陷、涌水（砂）等现象	观察检查		监测记录：施工记录：												
一般项目	1	平面位置	≤50	每轴	4													
	2	槽底高程 土方 / 石方	±20 / +20、-200	每25m²	1													
	3	平面尺寸	满足设计要求	每座	8													
		放坡开挖的边坡坡度	满足设计要求	每边	4													
		多线放坡的平台宽度	+100、-50	每边	每边2													
		基底表面平整度	20	每25m²	1													

平均合格率（%）

施工单位检查评定结论

监理（建设）单位意见

监理工程师：（签字）

（或建设单位项目专业技术负责人）：（签字）

项目专业质量检查员：（签字）

年 月 日

注：1、本表由施工项目专业质量检查员填写，监理工程师（建设单位项目专业质量检查员、监理工程师（建设单位项目技术负责人）组织项目专业质量检查员等进行验收，并应按上表进行记录。

3.6.2 管渠模板检验批质量检验记录

表 B.0.1

编号：020502□□

工程名称		分部工程名称		分项工程名称	管渠模板
施工单位		施工员		项目经理	
分包单位		分包项目经理		施工班组长	
工程数量		验收部位（桩号或井号）		项目技术负责人	
交方班组		接方班组		检查日期	年 月 日

检查项目	序号	检查内容	检验依据/允许偏差（规定值或偏差值）（mm）	检查数量 范围	检查数量 点数	检查结果 / 实测点偏差值或实测值 1	2	3	4	5	6	7	8	9	10	应测点数	合格点数	合格率（%）
主控项目	1	刚度和稳定性	模板及其支架应满足浇筑混凝土时承载能力、刚度和稳定性要求，且应安装牢固	观察		查模板支架设计验算资料												
	2	模板组装	模板安装位置正确，拼缝紧密不漏浆，对拉螺栓、垫块等安装稳固；模板的预埋件、预留孔洞不得遗漏，且安装牢固	观察		模板设计、施工方案												
	3	隔离剂	模板清洁、脱模剂涂刷均匀与，钢筋和混凝土接茬处无污染	观察检查														
一般项目	1	相邻板差	2	每20m	1													
	2	平整度	3	每20m	1													
	3	高程	±5	每10m	1													
	4	渠壁、顶板截面尺寸	±3	每10m	2													
	5	轴线移位 底板	10	每10m	1													
		墙	5															
	6	止水带 中心位置	5	每10m	2													
		垂直度	5	每10m	2													

平均合格率（%）

施工单位（建设）单位检查评定结论

施工单位：（签字）

项目专业质量检查员：（签字）

监理（建设）单位检查意见

监理工程师：（签字）

（或建设单位项目专业技术负责人）：（签字）

年 月 日

注：本表由施工项目专业质量检查员填写，监理工程师（建设单位项目技术负责人）组织项目专业质量检查员等进行验收，并应按上表进行记录。

3.6.3 管渠钢筋制作检验质量检验记录

表 B.0.1　　　　　　　　　　　　　　　　　　　　　编号：020503□□

工程名称		分部工程名称		分项工程名称	管渠钢筋制作
施工单位		专业工长		项目经理	
分包单位		分包项目经理		施工班组长	
工程数量		验收部位（桩号或井号）		项目技术负责人	
交方班组		接方班组		检查日期	年 月 日

检查项目	序号	检查内容	检验依据/允许偏差（规定值或±偏差值）（mm）	范围	点数	检查结果／实测点偏差值或实测值 1-10	应测点数	合格点数	合格率（%）
主控项目	1	原材料质量	进场钢筋的质量保证资料应齐全，出厂质量合格证明书及各项性能检验报告应符合国家有关标准和设计要求，受力钢筋的品种、级别、规格必须符合设计要求。	观察查保证资料		出厂合格证明编号：性能复检报告编号：			
	2	加工质量	受力钢筋的弯钩和弯折和箍筋弯钩符合 GB50204 的相关规定要求。	观察查施工记录					
	3	钢筋连接	纵向受力钢筋的连接方式应符合设计要求。受力钢筋采用机械连接接头或焊接头时，其接头应按 GB50204 的相关规定进行力学性能检验。	观察查施工记录		钢筋焊接接头力性能检验报告编号：			
一般项目	1	受力钢筋成型长度	+5，-10	每批，每一类型抽查1%且不小于3根	1				
	2	弯起点位置	±20		1				
	3	弯起钢筋弯起高置	0，-10		1				
	4	箍筋尺寸	±5		2				

平均合格率（%）

施工（建设）单位检查评定结论：

施工项目专业质量检查员填写，监理工程师（建设单位项目专业技术负责人）组织项目专业质量检查员等进行验收，并应按上表进行记录。

监理（建设）单位意见：

项目专业质量检查员：（签字）

监理工程师：（签字）
（或建设单位项目专业技术负责人）

年 月 日

注：本表由施工项目专业质量检查员填写，监理工程师（建设单位项目专业技术负责人）组织项目专业质量检查员等进行验收，并应按上表进行记录。

3.6.4 管渠钢筋安装检验批质量检验记录

表 B.0.1　　　　　　　　　　　　　　　　　　　　编号：020504□

工程名称		分部工程名称		分项工程名称	管渠钢筋安装
施工单位				项目经理	
分包单位		施工员		施工班组长	
分包单位项目经理					
工程数量		验收部位(桩号或井号)		项目技术负责人	
交方班组		接方班组		检查日期	年 月 日

检查项目	序号	检查内容	检验依据/允许偏差(规定值或±偏差值)(mm)	检查数量 范围	点数	\multicolumn{10}{检查结果 / 实测点偏差值或实测值}										应测点数	合格点数	合格率(%)

主控项目

| 1 | 接头位置 | 同一连接区段内的受力钢筋，采用机械连接或焊接接头时，接头面积百分率及采用绑扎搭接长度应符合GB50204的相关规定，接头面积百分率及采用绑扎搭接长度应符合GB50141-2008第6.2.4条第三款的规定 | 观察 查施工记录 | |

一般项目

序号	检查内容	允许偏差(mm)	范围	点数
1	受力钢筋的间距	±10	每5m	1
2	受力钢筋的排距	±5	每5m	1
3	钢筋弯起点位置	20	每5m	1
4	箍筋、横向钢筋间距	绑扎骨架 ±20 / 焊接骨架 ±10	每5m	1
5	圆环钢筋同心度(直径小于3m管状结构)	±10	每3m	1
6	焊接预埋件	中心线位置 3 / 水平高差 ±3	每件	1
7	受力钢筋保护层	基础 0~+10 / 板、墙、拱 0~+3	每5m / 每5m	4 / 1

平均合格率(%)

施工单位(建设)检查评定结论

项目专业质量检查员：(签字)

年 月 日

监理(建设)单位意见

监理工程师：(签字)
(或建设单位项目专业技术负责人)：(签字)

年 月 日

注：本表由施工项目专业质量检查员填写，监理工程师(建设单位项目专业技术负责人)组织项目专业质量检查员等进行验收，并应按上表进行记录。

3.6.5 管渠现浇混凝土检验批质量检验记录
表 B.0.1

编号: 020505□□

工程名称		分部工程名称	
施工单位		分项工程名称	管渠现浇混凝土
分包单位		项目经理	
工程数量		施工员	项目班组长
交方班组		分包项目经理（班号或评号）	项目技术负责人
接方班组		验收部位	检查日期 年 月 日

检查项目	序号	检查内容	检验依据／允许偏差（规定值或±偏差值）（mm）	范围	点数	检查结果 1 2 3 4 5 6 7 8 9 10	实测点偏差值或实测值	应测点数	合格点数	合格率（%）
主控项目	1	原材料	混凝土所用水泥、细骨料、粗骨料、外加剂等原材料产品质量保证资料齐全，各项性能复验报告符合规范及设计要求。	查每批出厂合格证及复检报告 观察		出厂合格证编号：性能复检报告编号：				
	2	混凝土强度	混凝土强度符合设计要求。	查配合比报告、抗压、抗渗、抗冻试验报告		混凝土配合比单编号：抗压、抗渗、抗冻试验报告：				
	3	外观	混凝土结构外观无严重质量缺陷。	观察 查处理方案						
	4	预埋（件）孔	构筑物各部位以及预埋（件）孔、止水带等的尺寸、位置、高程等符合设计要求。	查施工记录 观察						
一般项目	1	轴线位移	15	每5m	1					
	2	渠底高程	±10	每5m	1					
	3	管、拱圈断面尺寸	不小于设计要求	每5m	1					
	4	盖板断面尺寸	不小于设计要求	每5m	1					
		墙高	±10	每5m	1					
	5	渠底中线每侧宽度	10	每5m	2					
	6	墙面垂直度	10	每5m	2					
	7	墙面平整度	10	每5m²	2					
	8	墙厚	±10，0	每5m	2					
	9	平均合格率（%）								

施工单位检查评定结论	项目专业质量检查员：（签字） 项目专业技术负责人：（签字） 年 月 日
监理（建设）单位意见	监理工程师：（签字） （或建设单位项目专业技术负责人）：（签字） 年 月 日

3.6.6 管渠变形缝检验批质量检验记录

表 B.0.1

编号：020506□□/020604□□/020703□□

管渠变形缝

工程名称			分部工程名称		分项工程名称			
施工单位			施工员		项目经理			
分包单位			分包项目经理		施工班组长			
工程数量		验收部位（桩号或井号）			项目技术负责人			
交方班组		接方班组			检查日期		年 月 日	

检查项目	序号	检查内容		检验依据/允许偏差（规定值或±偏差值）（mm）	检查数量		检查结果 / 实测点偏差值或实测值												应测点数	合格点数	合格率（%）
					范围	点数	1	2	3	4	5	6	7	8	9	10					
主控项目	1	原材料		变形缝的止水带、柔性密封材料等的产品质量保证资料应齐全，每批的出厂质量合格证明书及各项性能应符合 GB50141 第6.1.10 条及有关设计要求	观察		产品质量合格证编号：进场复检报告编号：														
	2	止水带位置		止水带位置应符合设计要求，安装固定稳固，无扭洞、扭曲、褶皱等现象	观察 检查施工记录																
	3	止水带与结构咬合变形缝		先行施工一侧的变形缝端面应平整、垂直，混凝土应密实，止水带与结构端面应咬合紧密，端面混凝土外观应严密无重质量碳路；变形缝缝宽应均匀一致，柔性密封材料嵌填应完整、饱满、密实。	观察																
一般项目	1	结构端面平整度		8	每处	1															
	2	结构端面垂直度		2H/1000，且不大于 8	每处	1															
	3	变形缝宽度		±3	每处每 2m	1															
	4	止水带长度		不小于设计要求	每根	1															
	5	止水带位置	结构端面	±5	每处每 2m	1															
			止水带中心	±5																	
	6	相邻错缝		±5	每处	4															
		平均合格率（%）																			

施工单位检查评定结论

监理（建设）单位意见

监理工程师：（签字）

（或建设单位项目专业技术负责人）：（签字）

项目专业质量检查员：（签字）

年 月 日

注：H 为结构全高

3.6.7 管渠构件预制检验批质量检验记录

表 B.0.1

编号：020602□□

工程名称				分部工程名称		分项工程名称		管渠构件预制
施工单位				施工员		项目经理		
分包单位				分包项目经理		施工班组长		
工程数量		验收部位（桩号或井号）				项目技术负责人		
交方班组		接方班组				检查日期	年 月 日	

检查项目	序号	检查内容	检验依据/允许偏差（规定值或±偏差值）(mm)	检查数量		检查结果 / 实测点偏差值或实测值											应测点数	合格点数	合格率(%)
				范围	点数	1	2	3	4	5	6	7	8	9	10				
主控项目	1	原材料	混凝土所用用水泥、细骨料、粗骨料、外加剂等原材料产品质量保证资料齐全、各项性能检验报告符合设计规范及设计要求。	观察查每批出厂合格证及复检报告		出厂合格编号： 性能复检报告编号：													
	2	混凝土强度	混凝土强度符合设计要求，混凝土抗渗、抗冻性能符合设计要求	查配合比报告、抗压、抗渗、抗冻试验报告		混凝土配合比单编号： 抗压、抗渗、抗冻试验报告：													
	3	预埋（件）孔	预制构件上的预埋件、插筋、预留孔洞的规格、位置和数量符合设计要求。	观察															
	4	外观质量	预制构件的外观质量不应有严重质量缺陷，且不得有影响结构性能和安装、使用功能的尺寸偏差。	查处理方案															
一般项目	1	横截面尺寸 宽		0, -8	每构件	2													
		高		±5															
		厚		+4, -2															
	2	板对角线差		10	每构件	2													
	3	表面平整度		5	每构件	2													
	4	预留孔洞中心位置		5	每处	1													
	5	受力钢筋保护层		+5, -3	每构件	4													

平均合格率评定结论（%）

施工（建设）单位检查评定结论 项目专业质量检查员：（签字）

监理（建设）单位意见 项目专业质量检查员：（签字） 项目专业技术负责人：（签字）

监理工程师：（签字）
（或建设单位项目技术负责人） 年 月 日

注：本表由施工项目专业质量检查员填写，监理工程师（建设单位项目技术负责人）组织项目专业质量检查员等进行验收，并应按上表进行记录。

3.6.8 管渠预制构件安装检验批质量检验记录
表 B.0.1

编号：020603□□

工程名称		分部工程名称		分项工程名称	管渠预制构件安装
施工单位		施工员		项目经理	
分包单位		分包项目经理		施工班组长	
工程数量		接方班组		项目技术负责人	
交方班组				检查日期	年 月 日

检查项目	序号	检查内容	检验依据/允许偏差（规定值或±偏差值）（mm）	范围	点数	检查结果 / 实测点或偏差值或实测值 1 2 3 4 5 6 7 8 9 10	应测点数	合格点数	合格率（%）
主控项目	1	原材料	装配式混凝土所用材料、预制构件等的产品质量证明书及各地的出厂质量合格证明书及各项性能检验报告应符合国家有关标准和设计要求。	观察		产品质量合格证编号： 进场复检报告编号：			
	2	缝隙要求	预制构件与结构之间的连接应符合设计要求，安装位置准确、顺直，稳固；相邻混凝土接缝及杯口、槽填充密实，无漏装、孔洞、夹渣、酥松现象、钢筋连接尖可靠。	观察		检查施工记录			
	3	安装要求	安装后的构筑物尺寸、表面平整度应符合设计及使用要求。	观察	1				
一般项目	1	底板轴线位移	10	每10m	1				
	2	预留杯口 轴线位移	8	每5m	1				
		内底高程	0，-5						
		底宽、顶宽	+10，-5						
	3	壁板、墙板高程	±5	每块	1				
	4	墙板垂直度	5	每块	1				
	5	壁板、拱板间隙	±10	每处	2				
平均合格率（%）									

施工（建设）单位意见

施工单位检查评定结论

项目专业质量检查员：（签字）

年 月 日

监理单位意见

监理工程师：（签字）

（或建设单位项目专业技术负责人）：（签字）

年 月 日

监理工程师（或建设单位项目技术负责人，监理工程师（建设单位项目专业技术负责人）组织项目专业质量检查员等进行验收，并应按上表进行记录。

注：本表由施工项目专业质量检查员填写，监理工程师（建设单位项目技术负责人）

3.6.9 管渠砖石砌筑检验批质量检验记录

表 B.0.1

编号：020702□□

工程名称		分部工程名称		分项工程名称	管渠砖石砌筑
施工单位		施工员		项目经理	
分包单位		分包项目经理		施工班组长	
工程数量				项目技术负责人	
交方班组		接方班组		检查日期	年 月 日

检查项目	序号	检查内容	检验依据/允许偏差值（规定值或±偏差值）（mm）	检查数量 范围	检查数量 点数	检查结果／实测点偏差值或实测值 1 2 3 4 5 6 7 8 9 10	应测点数	合格点数	合格率（%）
主控项目	1	原材料	砖、石以及砌筑用水泥、砂等材料的产品质量合格证、出厂质量保证资料齐全，每批的出厂合格证及各项性能复检报告符合合规范料设计要求。	观察		产品质量合格证编号： 进场复检报告编号：			
	2	砂浆强度	各组试块的抗压强度平均值不得低于设计强度对应的立方体设计强度，任意一组抗压强度不得低于设计强度的75%。	每砌筑100m³不小于1组		试验报告编号：			
	3	组砌方式	应按照 GB50141 第6.5.10条~6.5.1 3条有关规定。	观察					

检查项目	序号	检查内容		材料名称 砖	料石	块石	检砌块	范围	点数			
一般项目	1	轴线位移		15	20	20	15	每5m	1			
	2	高程 渠底		±10	±20	±20	±10	每5m	1			
		中心线每侧宽		±10	±10	±20	±10					
	3	墙高		±20	±20	±20	±20	每5m	2			
	4	墙厚		不小于设计要求				每5m	2			
	5	墙面垂直度		15	15	15		每5m	2			
	6	墙面平整度		10	20	30		每5m	2			
	7	拱圈断面尺寸		不小于设计要求				每5m	2			

平均合格率（%）

施工单位检查评定结论	
	项目专业质量检查员：（签字）
	年 月 日
监理（建设）单位意见	
	监理工程师：（签字）
	（或建设单位项目专业技术负责人）
	年 月 日

注：本表由施工项目专业质量检查员填写，监理工程师（建设单位项目技术负责人）组织项目专业技术负责人（建设单位项目专业质量检查员等进行验收，并应按上表进行记录。

3.7 不开槽施工管道主体结构用表

3.7.1 工作井围护结构检验批质量验收记录

表 B.0.1

编号: 020801 □□

工程名称				分部工程名称				分项工程名称	工作井围护结构									
施工单位				施工员				项目经理										
分包单位				分包项目经理				施工班组长										
工程数量				验收部位(井号)				项目技术负责人										
交方班组				接方班组				检查日期				年 月 日						
检查项目	序号	检查内容	检验依据/允许偏差(规定值或土偏差值)	检查数量		检查结果 / 实测点偏差值或实测值										应测点数	合格点数	合格率(%)
				范围	点数	1	2	3	4	5	6	7	8	9	10			
主控项目	1	位置选择	符合6.2.1规定	观察、查现场检查记录														
	2	地面井口围护	安全护栏、夜间照明、警示标志、防汛、防雨设施符合规范要求	观察、查现场检查记录														
	3	安全通道	上、下的安全通道符合规范和设计要求	观察、查现场检查记录														
	4	设备安装、运行	符合6.2.7、6.2.8条要求	观察、查现场检查记录														
	5	井内照明、通风	井内照明采用安全电压,通风设施符合相关要求	观察、查现场检查记录														
一般项目	1	桩垂直度	<1%	10m	1													
	2	桩身弯曲度	<2‰	10m	1													
	3	齿槽平直度	无电焊或毛刺	全数														
	4	桩长度	不小于设计规定	全数														
平均合格率(%)																		
施工单位检查评定结论								项目专业质量检查员: (签字)										
监理(建设)单位意见								监理工程师: (签字) (或建设单位项目专业技术负责人): (签字)								年 月 日		

注: 本表一般项目按重复使用钢桩检验标准编制, 如采用其他桩型, 按 GB50202 有关规定执行。

3.7.2 工作井（沉井）模板检验批质量检验记录

表 B.0.1　　　　　　　　　　　　　　　　　　　　　　　　　　　　编号：020802□□

工程名称		分部工程名称		
施工单位		分项工程名称	工作井（沉井）模板	
分包单位		项目经理	施工员	
工程数量		分包项目经理	施工班组长	
交方班组		验收部位（井号）	项目技术负责人	
接方班组			检查日期	年 月 日

检查项目	序号	检查内容	检验依据/允许偏差（规定值或土偏差值）(mm)	范围	点数	检查结果／实测点偏差值或实测值 1 2 3 4 5 6 7 8 9 10	应测点数	合格点数	合格率(%)
主控项目	1	刚度和稳定性	模板及其支架应满足承载能力、刚度和稳定性要求，且应安装牢固	观察		查模板支架设计、验算资料			
	2	模板组装	模板安装位置正确，拼缝紧密不漏浆，对拉螺栓、垫块等安装稳固，模板的预埋件、预留孔洞不得遗漏，且安装牢固	观察		检查模板设计、施工方案			
	3	隔离剂	模板清洁、脱模剂涂刷均匀，钢筋和混凝土接茬处无污渍	观察检查					
一般项目	1	相邻板缝	2	每20m	1				
	2	平整度	3	每20m	1				
	3	高程	±5	每10m	1				
	4	井壁横截面尺寸	±3	每10m	2				
	5	轴线位移	10	每10m	1				
	6	止水带 中心位移	5	每10m	2				
		止水带 垂直度	5	每10m	2				

平均合格率（%）

施工单位检查评定结论	项目专业质量检查员：（签字） 年　月　日
监理（建设）单位意见	监理工程师：（签字） （或建设单位项目专业技术负责人）：（签字） 年　月　日

注：本表由施工项目专业质量检查员填写，监理工程师（建设单位项目专业技术负责人）组织项目专业质量检查员等进行验收，并应按上表进行记录。

3.7.3 工作井（沉井）钢筋加工检验批质量检验记录
表 B.0.1

编号：020803□□

工程名称		分部工程名称		分项工程名称	工作井（沉井）钢筋加工
施工单位		施工员		项目经理	
分包单位		分包项目经理		施工班组长	
工程数量				项目技术负责人	
交方班组		验收部位（井号）		检查日期	年 月 日
接方班组					

检查项目	序号	检查内容	检验依据/允许偏差（规定值或±偏差值）(mm)	检查数量 范围	点数	检查结果 / 实测点偏差值或实测值 1 2 3 4 5 6 7 8 9 10	应测点数	合格点数	合格率（%）
主控项目	1	原材料质量	进场钢筋的质量保证书及各项性能检验报告应符合国家有关标准规定和设计要求，受力钢筋的品种、级别、规格符合设计要求。	观察 查保证资料		出厂合格证明编号： 性能复检报告编号：			
	2	加工质量	末端需弯钩式等应符合 GB50204 的相关规定和设计要求。受力钢筋的弯钩和弯折，箍筋的弯折	观察 查施工记录					
	3	钢筋连接	纵向受力钢筋的连接方式应符合设计要求，受力钢筋采用机械连接接头或焊接头应按 GB50204 的相关规定进行力学性能检验。	观察 查施工记录		钢筋焊接接头力性能检验报告编号：			
一般项目	1	受力钢筋成型长度	+5，−10	每批、一类型抽查 1%且不小于 3 根	1				
	2	弯起钢筋 弯起点位置	±20		1				
	3	弯起点高度	0，−10		1				
	4	箍筋尺寸	±5		2				
平均合格率（%）									

施工单位检查评定结论

监理（建设）单位意见

项目专业质量检查员：（签字）

监理工程师：（签字）
（或建设单位项目专业技术负责人）

年 月 日

注：本表由施工项目专业质量检查员填写，监理工程师（建设单位项目专业技术负责人）组织项目专业质量检查员等进行验收，并应按上表进行记录。

3.7.4 工作井（沉井）钢筋安装检验批质量检验记录
表 B.0.1

编号：020804□□

工程名称		分部工程名称		工作井（沉井）
施工单位		施工员		项目经理
分包单位		分包项目经理		施工班组长
工程数量		验收部位（井号）		
交方班组		接方班组		项目技术负责人 / 检查日期　　年　月　日

检查项目	序号	检查内容	检验依据/允许偏差（规定值或±偏差值）（mm）	范围	点数	检查结果 / 实测点偏差值或实测值 1 2 3 4 5 6 7 8 9 10	应测点数	合格点数	合格率（%）
主控项目	1	接头位置	同一连接区段内的受力钢筋，采用机械连接或焊接接头时，接头面积百分率应符合 GB50204 的相关规定，接头面积百分率及最小搭接长度应符合 GB 50141-2008 规范第 6.2.4 条第三款的规定。	观察查施工记录					
一般项目	1	受力钢筋的间距	±10	每5m	1				
	2	受力钢筋的排距	±5	每5m	1				
	3	钢筋弯起点位置	20	每5m	1				
	4	箍筋、横向钢筋间距	绑扎骨架 ±20 / 焊接骨架 ±10	每5m / 每5m	1 / 1				
	5	圆环钢筋同心度（直径小于 3m 管状结构）	±10	每3m	1				
	6	焊接预埋件 中心线位置 / 水平高差	3 / ±3	每件	1				
		受力钢筋保护层 基础 / 板、墙、拱	0～+10 / 0～+3	每5m / 每5m	4 / 1				

平均合格率（%）

施工单位检查评定结果

监理（建设）单位验收意见

施工单位项目专业质量检查员填写，监理工程师（建设单位项目专业技术负责人）组织项目专业质量检查员等进行验收。

项目专业质量检查员：（签字）　　　　年　月　日

监理工程师：（签字）
（或建设单位项目专业技术负责人）：（签字）　　年　月　日

注：本表由施工项目专业质量检查员填写，并应按上表进行记录。

3.7.5 工作井（沉井）制作检验批质量验收记录
表 B.0.1

编号：020805□□

工程名称		分部工程名称		分项工程名称	工作井沉井制作
施工单位		施工员		项目经理	
分包单位		分包项目经理		施工班组长	
工程数量		验收部位（井号）		项目技术负责人	
交方班组		接方班组		检查日期	年 月 日

检查项目	序号	检查内容	检验依据/允许偏差（规定值或土偏差值）（mm）	检查数量 范围	检查数量 点数	检查结果／实测点偏差值或实测值 1 2 3 4 5 6 7 8 9 10	应测点数	合格点数	合格率（%）
主控项目	1	原材料	所用工程材料的等级、规格、性能应符合国家有关标准的规定以及抗渗、抗冻性能应符合设计要求	查出厂合格证及复检报告		出厂合格证编号：性能复检报告编号：			
	2	混凝土强度	混凝土强度以及抗渗、抗冻应符合设计要求	查抗压、抗渗、抗冻试验报告		混凝土配合比单编号：抗压、抗渗、抗冻试验报告：			
	3	外观	混凝土结构外观无严重质量缺陷、制作过程中沉井无变形、开裂现象	观察、查施工记录、监测记录					
允许偏差项目	1	平面尺寸 长度	±0.5%L，且≤100	每座	每边1点				
	2	宽度	±0.5%B，且≤50		1				
	3	高度	+30	每座	方形每边1 圆形4				
	4	直径（圆形）	±0.5%D，且≤100	每座	方形每边1 圆形4				
	5	两对角线差	对角线长1%，且≤100		2				
	6	井壁厚度	±15	每座	每10m1点				
	7	井壁、隔墙垂直度	≤1%H	每座	方形每边1 圆形4				
	8	预埋件中心线位置	±10	每件	1				
	9	预留孔（洞）位移	±10	每处	1				
平均合格率（%）									

施工（建设）单位评定结论	项目专业质量检查员：（签字） 项目专业技术负责人：（签字） 年 月 日
监理单位意见	监理工程师：（签字） （或建设单位项目专业技术负责人）：（签字）

注：L 为沉井长度，B 为沉井宽度，H 为沉井高度，D 为沉井外径（mm）.

3.7.6 工作井（沉井）下沉及封底检验批质量检验记录
表 B.0.1

编号：020806□□

工程名称		分部工程名称		工作井下沉及封底
施工单位		分项工程名称		
		项目经理		
分包单位		分包项目经理		
		施工班组长		
工程数量		验收部位（井号）		
		项目技术负责人		
交方班组		接方班组		
		检查日期	年 月 日	

检查项目	序号	检查内容	检验依据/允许偏差（规定值或偏差值）(mm)	范围	点数	检查结果／实测点偏差值或实测值 1 2 3 4 5 6 7 8 9 10	应测点数	合格点数	合格率（%）
主控项目	1	原材料	封底所用工程材料应符合国家有关标准和设计要求。	查每批出厂合格证及复检报告	出厂质量证明编号：进场复检报告编号：				
	2	混凝土强度	封底混凝土强度以及抗渗、抗冻性能符合设计要求	查抗压、抗渗、抗冻试验报告	混凝土抗压强度试验报告编号：抗渗、抗冻试验报告：				
	3	标高及厚度	封底前沉井两高应符合设计要求，封底后混凝土底板厚度不得小于设计要求	查下沉记录；监测记录及量测	查下沉记录				
	4	下沉过程	下沉过程及封底时沉井无变形、倾斜、开裂现象，沉井结构无线流现象，底板无渗水现象	观察 查下沉记录					
一般项目	下沉阶段 1	沉井四角高差	不大于下沉总深度的 1.5%～2%，且不大于 500	每座	取井四角或圆井相互垂直处				
	2	顶面中心位移	不大于下沉总深度的 1.5%，且不大于 300		取方井四角或圆井相垂直处 1				
	沉井终沉 1	下沉到位后，刃脚平面中心位置	不大于下沉总深度的 1%，下沉深度小于 10m 时应不大于 100						
	2	下沉中任向两角的刃脚底面高差	不大于该纵两向水平距离 1%，两角间水平距离小于 10m 时应不大于 100	每座	取方井四角或圆井相互垂直处				
	3	刃脚平均高程	不大于 100；地层为软土层时可根据使用条件和施工条件确定		取方井四角或圆井相垂直或圆井相互垂直 4 点取平均值				

平均合格率（%）

施工（建设）单位检查评定结论

建设单位意见

监理工程师：（签字）
（或建设单位项目专业技术负责人：（签字）

项目专业质量检查员：（签字）

年 月 日

3.7.7 工作井井内结构检验批质量检验记录
表 B.0.1

编号: 020807□□

工程名称		分部工程名称		工作井井内结构
施工单位		分项工程名称		项目经理
分包单位		施工员		施工班组长
工程数量		分包项目经理		项目技术负责人
交方班组		验收部位(井号)		检查日期　年　月　日

检查项目	序号	检查内容		检验依据/允许偏差(规定值或土偏差值)(mm)	检查数量 范围	点数	检查结果/实测点偏差值或实测值 1 2 3 4 5 6 7 8 9 10	应测点数	合格点数	合格率(%)
主控项目	1	原材料质量		原材料、成品、半成品的产品质量符合国家标准及设计要求	按规范附录F第F.0.3条	逐座	合格证、检验、复检报告编号:			
	2	结构强度、刚度、尺寸		工作井结构的强度、刚度和尺寸应满足设计要求,结构无滴漏和线流现象			施工记录编号:			
	3	混凝土抗压强度、抗渗		抗压强度、抗渗等级符合合设计要求	顶压每工作班或100m³或抗渗500 m³	1组	试验报告编号:			
一般项目	1	井内导轨安装	顶面高程　顶管、夯管	+3.0	每座	每根号轨2点				
			盾构	+5.0						
			中心水平位置　顶管、夯管	3		每根号轨2点				
			盾构	5						
			两轨间距　顶管、夯管	±2		2个断面				
			盾构	±5						
	2	盾构后座管片	高程	±10	每环底部	1				
			水平细线	±10						
	3	井尺寸	矩形　每侧边长、宽	不小于设计要求	每座	2				
			圆形　半径							
	4	进、出井预留洞口	中心位置	20	每个 竖、水平	各1				
			内径尺寸	±20	垂直向	各1				
	5	井底板高程　顶管、盾构		±30	每座	4				
	6	工作井后背墙　盾构	垂直度	0.1%H	每座	1				
			水平扭转度	0.1%L						

平均合格率(%)

施工单位检查评定结论

监理(建设)单位意见

施工单位专业质量检查员:(签字)

项目专业质量检查员:(签字)

项目专业技术负责人:(签字)

监理工程师:(签字)

(或建设单位项目专业技术负责人):(签字)

　　　　　年　月　日　　　　　　　　　　年　月　日

注: H为后背墙的高度(mm); C为后背墙的长度(mm)。

3.7.8 直线顶管管道检验批质量检验记录

表 B.0.1

编号：020901□□

工程名称		分部工程名称		直线顶管管道施工
施工单位		分项工程名称		
分包单位		项目经理		
工程数量		施工员		施工班组长
交方班组		分包项目经理		项目技术负责人
验收部位（井号）		接口班组		检查日期　　年　月　日

检查项目	序号	检查内容	检验依据/允许偏差（规定值或土偏差值）(mm)	范围	点数	检查结果/实测点偏差值或实测值（1-10）	应测点数	合格点数	合格率(%)
主控项目	1	顶管材料	管节及附件等工程材料的产品质量应符合国家有关标准和设计要求						
	2	接口探伤	钢管接口焊接质量符合规范要求，焊缝无损探伤符合设计要求	查钢管焊接检验报告		合格证报告编号： 检验报告编号：			
	3	管底坡度	无压管道坡度无明显反坡现象	观察，查施工记录					
	4	管道接口	接口橡胶圈安装位置正确，无位移、接口端部无破损、顶裂现象，脱落现象，接口处无渗漏	逐节观察					
一般项目	1	直线顶管水平轴线	顶进长度<300m　50 300m≤L<1000m　100 顶进长度≥1000m　L/10	每管节	1				
	2	直线顶管内底高程	顶进长度<300m　D_1<1500　+30，-40 　　　　　D_1≥1500　+40，-50 300m≤L<1000m　+60，-80 顶进长度≥1000m　+80，-100	每管节	1				
	3	相邻管间错口	钢管、玻璃钢管　≤2 钢筋混凝土管　1.5%壁厚，且≤20	每管节	1				
	4	钢管、玻璃钢管道竖向变形	≤0.03 D_1						
	5	对顶时两端错口	50						

平均合格率（%）

施工单位检查评定结论	项目专业质量检查员：（签字） 　　　　　　　　　　　　　　　年　月　日
监理（建设）单位意见	监理工程师：（签字） （或建设单位项目专业技术负责人）：（签字） 　　　　　　　　　　　　　　　年　月　日

注：D_1为管道内径（mm）；L为顶进长度（mm）。

3.7.9 曲线顶管管道检验批质量检验记录

表B.0.1

编号：020902□□

工程名称		分部工程名称		分项工程名称	曲线顶管管道施工
施工单位		施工员		项目经理	
分包单位		分包项目经理		施工班组长	
工程数量		验收部位(井号)		项目技术负责人	
交方班组		接方班组		检查日期	年 月 日

检查项目	序号		检查内容	检验依据/允许偏差（规定值或土偏差值）(mm)	检查数量		检查结果/实测点偏差值或实测值										应测点数	合格点数	合格率(%)
					范围	点数	1	2	3	4	5	6	7	8	9	10			
主控项目	1		顶管材料	顶节及附件等工程材料的产品质量应符合国家有关标准及设计要求	查钢管焊接检验报告	合格证报告编号：检验报告编号：													
	2		接口探伤	钢管接口焊接质量符合规范要求，焊缝无损探伤符合设计要求	查钢管焊接检验报告	检验报告编号：													
	3		管底坡度	无压管道坡度无明显反坡现象，曲线顶管曲率半径符合设计要求	观察、查施工记录														
	4		管道接口	接口橡胶圈安装位置正确，无位移、脱落现象，接口端部无破损、顶裂现象，接口处无渗漏，顶裂	逐节观察														
一般项目	1	曲线顶管水平轴线	R≤150 D₁ 水平曲线	150	每管节	1													
			竖曲线	150															
			复合曲线	200															
		R>150 D₁ 水平曲线、竖曲线		150															
	2	曲线顶管内底高程	R≤150 D₁ 水平曲线	+100，−150	每管节	1													
			竖曲线	+150，−200															
			复合曲线	±200															
		R>150 D₁ 水平曲线		+100，−150															
			竖曲线	+100，−150															
			复合曲线	±200															
	3	相邻管间错口	钢管、玻璃钢管	≤2	每管节	1													
			钢筋混凝土管	1.5%壁厚，且≤20															
	4	钢管、玻璃钢管道竖向变形		≤0.03 D₁															
	5	相邻管间接口最大与最小间隙差		≤ΔS															
	6	对顶时两端错口		50															

平均合格率(%)

施工单位检查评定结论：	
	项目专业质量检查员：(签字) 年 月 日

监理（建设）单位意见	
监理工程师：(签字)	项目专业技术负责人）：(签字) 年 月 日
	（或建设单位项目专业技术负责人）：

注：D₁ 为管道内径(mm)；ΔS 为曲线顶管相邻管节接口允许的最大间隙与最小间隙之差(mm)；R 为曲线顶管的设计曲率半径(mm)。

3.7.10 垂直顶升管道检验批质量检验记录

表 B.0.1

编号：020903□□

工程名称		分部工程名称		分项工程名称	垂直顶升管道施工
施工单位		施工员		项目经理	
分包单位		分包项目经理		施工班组长	
工程数量					
交方班组		接方班组		项目技术负责人	
验收部位(井号)				检查日期	年 月 日

检查项目	序号	检 查 内 容	检验依据/允许偏差(规定值或±偏差值)(mm)	检查数量（范围/点数）		检查结果／实测点偏差或实测值 1 2 3 4 5 6 7 8 9 10	应测点数	合格点数	合格率(%)
主控项目	1	顶升管道材料	管节及附件等工程材料的产品质量应符合国家有关标准及设计要求	逐个观察	合格证报告编号：检验报告编号：				
	2	外观	管道直顺，无破损，管节无变形无破损，管节无特殊管节连接符合设计要求	逐个观察	施工记录编号：				
	3	管道防水、防腐	管道防水、防腐做处理符合设计要求：无滴漏和线流现象	逐个观察					
一般项目	1	顶升管帽盖顶面高程	±20	每根	1				
	2	顶升管节安装 管节垂直度	≤1.5‰H	每节	各1				
		管节连接端面平行度	≤1.5‰D_0且≤2						
	3	顶升管节间错口	≤20	每根	1				
	4	顶升管道垂直度	0.5%H	顶头、底座管节	各1				
	5	顶升管的中心轴线 沿水平管纵向	30	每处	1				
		沿水平管横向	20						
	6	开口管顶口中心轴线 沿水平管纵向	40						
		沿水平管横向	30						
平 均 合 格 率 (%)									

施工单位检查评定结论	项目专业质量检查员：(签字) 项目专业技术负责人：(签字) 年 月 日
监 理 (建 设) 单 位 意 见	监理工程师：(签字) (或建设单位项目专业技术负责人)：(签字) 年 月 日

注：H为垂直顶升管总长度(mm)，D_0为垂直顶升管外径。

3.7.11 盾构管片制作检验批质量检验记录 1

表 B.0.1

工程名称		分部工程名称		分项工程名称		编号：021001□□
施工单位				项目经理		盾构管片制作 1
分包单位				分包项目经理		施工班组长
工程数量		验收部位(井号)		项目技术负责人		
交方班组		接方班组		检查日期		年 月 日

检查项目	序号	检查内容	检验依据及允许偏差（规定值或偏差值）		检查数量		检查结果／实测点偏差值或实测值										应测点数	合格点数	合格率(%)
					范围	点数	1	2	3	4	5	6	7	8	9	10			
主控项目	1	工厂制作产品质量	预制管片的产品质量应符合国家相关标准及设计质量要求。				合格证及检验报告编号： 检验报告： 产品质量合格证： 复验报告：												
	2	现场制作产品质量	原材料产品质量应符合合标准和设计要求。																
			管片钢模制作允许偏差	项目 / 允许偏差															
				宽度　±0.4mm	每块钢模	6													
				弧弦长　±0.4mm		2													
				底座夹角　±1°		4													
				纵环向芯棒中心距　±0.5mm		全检													
				内腔高度　±1mm		3													
	3	混凝土试块强度、抗渗试块	管片的混凝土强度等级、抗渗等级符合设计要求		每台班或每批	1组	混凝土试验报告编号： 抗渗试块试验报告编号：												
	4	外观质量	管片表面应平整，无裂缝、气泡，铸铁管或钢管片无缺陷，影响结构和拼装的质量缺陷		逐个观察		产品进场验收记录：												
	5	钢筋混凝土管抗渗试验	单块管片按设计水压恒压 2 小时，渗水深度≤1/5 管片厚度		每台班或按批次	1块	抗渗试验记录：												

施工单位检查评定结论

监理（建设）单位意见

项目专业质量检查员：（签字）

施工单位：项目专业技术负责人：（签字）

监理工程师：（签字）

（或建设单位项目专业技术负责人）：（签字）

年　月　日

3.7.11 盾构管片制作检验批质量检验记录 2

表 B.0.1

编号: 021001□□

工程名称		分部工程名称		分项工程名称	盾构管片制作 2
施工单位		施工员		项目经理	
分包单位		分包项目经理		施工班组长	
工程数量		验收部位(井号)		项目技术负责人	
交方班组		接方班组		检查日期	年 月 日

检查项目	序号		检查内容	检验依据/允许偏差(规定值或±偏差值)(mm)	范围	点数	检查结果/实测点偏差值或实测值 1 2 3 4 5 6 7 8 9 10	应测点数	合格点数	合格率(%)
主控项目	6	单块管片尺寸允许偏差	宽度	±1	每块	内、外侧面各 3				
			弧弦长	±1		两端面各 1				
			管片的厚度	+3,−1		3				
			环面平整度	0.2		2				
			内、外环面与端面垂直度	1		4				
			螺栓孔位置	±1		3				
			螺栓孔直径	±1		3				
	7	管片水平组合拼接检验	环缝间隙	≤2	每条缝	6				
			纵缝间隙	≤2		6				
			成环后内径(不放衬垫)	±2	每环	4				
			成环后外径(不放衬垫)	+4,−2		4				
			纵、环向螺栓穿进后,螺栓杆与螺孔的间隙	(D1−D2)<2	每处	各 1				

施工单位检查评定结论

监理(建设)单位意见

监理工程师:(签字)

(或建设单位项目专业技术负责人):(签字)

项目专业质量检查员:(签字)

年 月 日

注: D_1 为螺孔直径, D_2 为螺栓直径,单位: mm

3.7.11 盾构管片制作检验批质量检验记录
表 B.0.1

编号：021001□□

工程名称		分部工程名称		分项工程名称		盾构管片制作 3
施工单位		施工员		项目经理		
分包单位		分包项目经理		施工班组长		
工程数量		验收部位		项目技术负责人		
交方班组		接方班组		检查日期		年 月 日

	序号	检查内容	检验依据/允许偏差值（mm）	检查数量 范围	检查数量 点数	检查结果/实测点或偏差值实测值 1 2 3 4 5 6 7 8 9 10 应测点数 合格点数 合格率（%）
检查项目	1	管片外观及防腐	钢筋混凝土管片无缺棱、掉边、麻面、露筋；表面无明显气泡和一般质量缺陷；铸铁或钢制管片防腐层完整	逐个观察		产品进场验收记录：
	2	管片预埋	管片预埋件齐全，预埋孔完整、位置正确	观察		产品进场验收记录：
	3	防水	防水密封条安装凹槽表面光洁、线形直顺	逐个观察	4	
一般项目	1	背架间距	土10	每幅	各2	
	2	环、纵向螺栓孔	畅通、内圆面平整		每处1	
	3	钢筋混凝土管片的钢筋骨架制作	主筋保护层	土3		4
	4		分布筋长度	土5		4
	5		分布筋间距			
	6		箍筋间距	土10		4
	7		预埋件位置	土5		每处1
	8					

平均合格率（%）

施工单位检查评定结论	
监理（建设）单位意见	项目专业质量检查员：（签字） 监理工程师：（签字） （或建设单位项目专业技术负责人） 年 月 日

项目专业质量检查员：（签字）

注：本表由施工项目专业质量检查员填写，监理工程师（建设单位项目专业技术负责人）组织项目专业质量检查员等进行验收，并应按上表进行记录。

3.7.12 盾构掘进和管片拼装检验批质量检验记录1

表 B.0.1

编号：021002□□

工程名称		分部工程名称		分项工程名称	盾构掘进和管片拼装 1
施工单位		项目经理			
分包单位		分包项目经理		施工班组长	
工程数量		验收部位		项目技术负责人	
交方班组		接方班组		检查日期	年 月 日

	序号	检查内容	检查依据/允许偏差（规定值或允许偏差）(mm)	检查数量 范围	点数	检查结果／实测点偏差值或实测值 1 2 3 4 5 6 7 8 9 10	应测点数	合格点数	合格率(%)
主控项目	1	防水	管片防水密封条性能符合设计要求，粘贴牢固、平整、无缺损，防水垫圈无遗漏	逐个观察		防水密封条质量保证资料：			
	2	螺栓、连接件力学性能	环、纵向螺栓及连接件的力学性能符合设计要求，螺栓应全部穿入，拧紧力矩应符合设计要求	逐个观察		材料质量保证资料： 复试报告：			
	3	裂缝、变形	钢筋混凝土管片拼装无内外贯穿裂缝，表面无>0.2mm的推质裂缝以及混凝土剥落，露筋、转铁、钢削管片无变形、破损	逐个观察		拼装拧紧记录：			
	4	渗漏情况	管道无渗漏，滴漏水	全数，按附录F.0.3		裂缝观察仪检查：			
	5	线形	管道线形平顺，无突变；圆环无明显变形	逐个观察		观察			
一般项目	1	盾尾内管片拼装成环 环缝张开	≤2	每环	1				
	2	纵缝张开	≤2						
	3	衬砌环直径圆度	5‰Di						
	4	相邻管片间的高差 环向	5		4				
		纵向	6						
	5	成环环底高程	±100		1				
	6	成环中心水平轴线	±100						

施工单位检查评定结论

监理（建设）单位意见

项目专业质量检查员：（签字）

项目专业技术负责人：（签字）

监理工程师：（签字）

（或建设单位项目专业技术负责人）：（签字）

年 月 日

注：环缝、纵缝张开的允许偏差仅指直线段。

3.7.12 盾构掘进和管片拼装验收批质量检验记录 2
表 B.0.1

编号：021002□□

工程名称		分部工程名称		分项工程名称	盾构掘进和管片拼装表 2
施工单位				项目经理	
分包单位				施工员	施工班组长
工程数量		分包项目经理(井号)			项目技术负责人
交方班组		接方班组			检查日期　年　月　日
验收部位					

检查项目	序号	检查内容		检验依据/允许偏差(规定值或±偏差值)(mm)	范围	点数	检查结果/实测点偏差或实测值										应测点数	合格点数	合格率(%)
							1	2	3	4	5	6	7	8	9	10			
一般项目	7	相邻管片间的高差	环向	15	每5环	4													
			纵向	20															
	8	管道贯通后的允许偏差	环缝张开	2		1													
	9		纵缝张开	2															
	10	管底高程	输水管道	±150															
			套管(管廊)	±100															
	11	衬砌环直径圆度偏差		8%Di		4													
	12	管道中心水平轴线		±150		1													
平均合格率(%)																			

施工单位检查评定结论

项目专业质量检查员：(签字)

监理(建设)单位意见

监理工程师：(签字)

(或建设单位项目专业技术负责人)：(签字)

年　月　日

注：环缝、纵缝张开的允许偏差仅指直线段。

3.7.13 盾构施工管道钢筋混凝土二次衬砌检验批质量检验记录
表 B.0.1

编号：021003□□

工程名称		分部工程名称		盾构施工钢筋混凝土二次衬砌
施工单位				项目经理
分包单位				施工班组长
工程数量		验收部位(井号)		项目技术负责人
交方班组		接方班组		检查日期　　　年　月　日

检查项目	序号	检查内容	检验依据/允许偏差(规定值或土偏差值)	范围	点数	检查结果 / 实测点偏差或实测值										应测点数	合格点数	合格率(%)
						1	2	3	4	5	6	7	8	9	10			
主控项目	1	钢筋数量与规格	钢筋数量、规格应符合设计要求	按进场批次		保证资料及检验报告编号:												
	2	混凝土强度等级、抗渗	混凝土强度等级、抗渗等级符合设计要求	同一配合比或连续浇筑一次扩压、抗渗各一组		混凝土试验报告编号:												
	3	混凝土外观质量	混凝土外观质量无严重缺陷。按规范附录G的规定逐段观察	检查施工技术资料		抗渗试块报告												
	4	防水处理	防水处理符合设计要求。管道无滴漏、线漏现象。按规范附录F第F.0.3条的规定观察	检查防水材料质量保证资料、施工技术资料														
一般项目	1	内径	±20	每幅	不少于1点													
	2	内衬壁厚	±15		不少于2点													
	3	主钢筋保护层厚度	±5		不少于4点													
	4	变形缝相邻错高差	10		不少于1点													
	5	管底高程	±100		不少于1点													
	6	管道中心水平轴线	±100	每20m	1													
	7	表面平整度	10															
	8	管道直顺度	15															
平均合格率(%)																		
施工单位检查评定结论																		
监理(建设)单位检查意见																		

施工单位项目专业质量检查员:(签字)

项目专业质量检查员:(签字)

监理工程师:(签字)

(或建设单位项目专业技术负责人):(签字)　　　　年　月　日

注：本表由施工项目专业质量检查员填写，监理工程师（建设单位项目技术负责人）组织项目专业质量检查员等进行验收，并应按上表进行记录。

3.7.14 浅埋暗挖管道的土层开挖检验批质量检验记录

表 B.0.1

编号：021101□□

工程名称					分部工程名称		浅埋暗挖管道的土层开挖								
施工单位					施工员		项目经理								
分包单位					分包项目经理		施工班组长								
工程数量				验收部位（井号）			项目技术负责人								
交方班组				接交班组			检查日期		年 月 日						
检查项目	序号	检查内容	检验依据/允许偏差（规定值或土偏差值）	检查数量		检查结果 / 实测点偏差值或实测值									
				范围	点数	1	2	3	4	5	6	7	8	9	10	应测点数	合格点数	合格率（%）

检查项目	序号	检查内容	检验依据/允许偏差（规定值或土偏差值）	范围	点数	1	2	3	4	5	6	7	8	9	10	应测点数	合格点数	合格率（%）
主控项目	1	开挖方法	开挖方法必须符合方案要求，开挖土层稳定	全过程检查，查方案、施工和监测记录														
	2	开挖断面	开挖断面尺寸不得小于设计要求，若出现超挖，其超挖必须符合 GB50299 规范规定	检查每个开挖断面，查设计文件、施工方案、技术资料、施工记录														
一般项目	1	小导管注浆	符合设计要求	全过程检查，查技术资料、施工记录														
	2	轴线偏差	±30	每幅	4													
	3	高程	±30	每幅	1													

平均合格率（%）

施工单位检查评定结论

监理（建设）单位意见

项目专业质量检查员：（签字）

项目专业技术负责人：（签字）

年 月 日

监理工程师：（签字）

（或建设单位项目专业技术负责人）

年 月 日

注：本表由施工项目专业质量检查员填写，监理工程师（建设单位项目专业技术负责人）组织项目专业质量检查员等进行验收，并应按上表进行记录。

3.7.15 浅埋暗挖管道初期衬砌检验批质量检验记录 1

表 B.0.1

编号: 021102□□

工程名称		分部工程名称		浅埋暗挖管道的初期衬砌 1
施工单位		分项工程名称		项目经理
分包单位		施工员		施工班组长
工程数量		分包项目经理		项目技术负责人
交方班组		验收部位(井号)		检查日期　　　年　月　日
接方班组				

检查项目	序号	检查内容	检验依据/允许偏差(规定值或±偏差值)	检查数量		检查结果 / 实测点偏差值或实测值 (1 2 3 4 5 6 7 8 9 10)	应测点数	合格点数	合格率(%)
				范围	点数				
主控项目	1	支护钢格栅、钢架加工、安装	每批钢筋、型钢材料规格、尺寸、焊接质量符合设计要求；每幅钢格栅、钢架的结构形式、部件拼装整体结构尺寸符合设计要求，且无变形。	观察		质量保证资料：			
	2	钢筋网安装	每批钢筋材料规格、尺寸符合设计要求；每片钢筋网加工、制作尺寸符合设计要求，且无变形。	观察		质量保证资料：			
	3	初期衬砌喷射混凝土	每批水泥、骨料、水、外加剂等原材料符合国家标准和设计要求；混凝土强度符合设计要求。	管道拱部、侧墙每验收批抗压强度各一组，每40m管道位抗渗一组		原材料质量保证资料：抗压强度试块报告：抗渗试块报告：			
一般项目	钢格栅钢架加工装后组外轮廓尺寸	拱架(顶、墙、拱) 矢高及弧长	+200mm	每幅	2				
		墙架长度	±20mm		1				
		拱、墙架横断面(高、宽)	+100mm		2				
		格栅组外轮廓尺寸 高度	±30mm		1				
		宽度	±20mm		2				
		扭曲度	≤20mm		3				

施工单位检查评定结论

项目专业质量检查员：(签字)　　　　年　月　日

监理(建设)单位意见

监理工程师：(签字)

(或建设单位项目专业技术负责人)　　　　年　月　日

注：本表由施工项目专业质量检查员填写，监理工程师(建设单位项目技术负责人)组织项目专业技术负责人、项目专业质量检查员等进行验收，并应按上表进行记录。

3.7.15 浅埋暗挖管道的初期衬砌检验批质量检验记录 2
表 B.0.1

编号：021102□□□

工程名称		分部工程名称	
施工单位		分项工程名称	浅埋暗挖管道的初期衬砌 2
分包单位		项目经理	
工程数量		施工员	施工班组长
交方班组		分包项目经理	项目技术负责人
验收部位(井号)		检查日期	年 月 日

检查项目	序号	检查内容	检验依据/允许偏差(规定值或士偏差值)	检查数量 范围	点数	检查结果 实测点偏差值或实测值 1	2	3	4	5	6	7	8	9	10	应测点数	合格点数	合格率(%)
一般项目		钢格栅钢架安装 横向和纵向位置	横向士30mm 纵向士50mm	每榀	2													
		垂直度	5%		2													
		高程	士30mm		2													
		与管道中线倾角	≤2°	每榀	1													
		格栅加工 间距 格栅	士100mm		每处 1													
		钢筋	士50mm		每处 1													
		钢筋网加工、敷设 钢筋间距	士10mm	片	2													
		钢筋搭接长	士15mm															
		纵向搭接长度	≥200	一榀钢架长度	4													
		保护层	符合设计要求		2													
		初期衬砌混凝土质量 平整度	≤30mm	每20m	1个断面													
		矢、弦比	>1/6	每20m	1个断面													
		喷射混凝土层厚度	见表注1	每20m														

平均合格率(%)

施工单位检查评定结论

监理(建设)单位意见

项目专业质量检查员：(签字)

项目专业技术负责人：(签字)

监理工程师：(签字)
(或建设单位项目专业技术负责人)：(签字)

年 月 日

注：1. 喷射混凝土层厚度允许偏差，60%以上检查点厚度不小于设计厚度，其余点处的最小厚度不小于设计厚度的1/2；厚度总平均值不小于设计厚度，每同隔2~3m设一个点，但每一个检查断面不应少于3个点，总计不少于5个点。
2. 每20m管道检查一个断面，每断面以拱部中线开始。

3.7.16 浅埋暗挖管道的防水层检验批质量检验记录

表 B.0.1

编号：021102□□

工程名称		分部工程名称		分项工程名称	浅埋暗挖管道的防水层
施工单位				项目经理	
分包单位		分包项目经理		施工班组长	
工程数量				项目技术负责人	
交方班组		接方班组		检查日期	年 月 日

检查项目	序号	检查内容	检验依据/允许偏差(规定值或偏差值)	检查数量 范围	检查数量 点数	检查结果 1 2 3 4 5 6 7 8 9 10	应测点数	合格点数	合格率(%)
主控项目	1	材料、品种、规格	每批的防水层及衬垫材料品种、规格必须符合设计要求			产品质量合格证明：			
	2		双焊缝焊接，焊缝宽度不小于10mm，目均与连续，不得有漏焊、假焊、焊焦、焊穿等现象	观察		性能检验报告：			
	3					施工记录：			
一般项目	1	焊缝宽度		观察					
	2	防水层敷设质量 基面平整度	≤50mm	每5m	2				
		卷材环向与纵向搭接宽度	≥100mm						
		衬垫搭接宽度	≥50mm						

平均合格率（%）

施工单位检查评定结论

监理（建设）单位意见

施工单位项目专业质量检查员填写，监理工程师（建设单位项目专业技术负责人）

项目专业质量检查员：（签字）

监理工程师：（签字）
（或建设单位项目专业技术负责人）：（签字）

年 月 日

注：1. 本表由施工单位专业质量检查员填写，监理工程师（建设单位项目专业技术负责人）组织项目专业质量检查员等进行验收，并应按上表进行记录。
2. 本表防水层系低密度聚乙烯（LDPE）卷材。

3.7.17 浅埋暗挖管道的二次衬砌检验批质量检验记录

表 B.0.1

编号：021104□□

工程名称		分部工程名称		浅埋暗挖管道的二次衬砌
施工单位		分项工程名称		浅埋暗挖管道的二次衬砌
分包单位		项目经理		
工程数量		施工员		项目经理
交方班组		施工班组长		
验收部位（井号）				
接方班组				项目技术负责人
				检查日期　　年　月　日

检查项目	序号	检查内容	检验依据（允许偏差/规定值或±偏差值）	检查数量 范围	点数	检查结果／实测点偏差值或实测值 1 2 3 4 5 6 7 8 9 10	应测点数	合格点数	合格率（%）
主控项目	1	原材料	原材料的产品质量保证资料应齐全，每生产批次的出厂质量合格证明书及各项性能检验报告应符合国家相关标准和设计要求。			产品质量合格证明： 性能检验报告： 进场复验报告：			
	2	伸缩缝	伸缩缝的设置应根据设计要求，并应与初期支护变形缝位置重合。	逐缝观察		和设计文件对照检查记录：			
	3	混凝土抗压、抗渗	混凝土抗压、抗渗等级必须符合设计要求。	垫层 每批1组 管道 每批2组 抗压 每批1组		抗压试块报告编号： 抗渗试块报告编号：			
一般项目	1	二次衬砌模板安装	拱部高程（设计标高+预留沉降量）	每20m	1	±10mm			
			横向：以中线为准	每20m	2	±10mm			
			侧模垂直度	每截面	2	≤3‰			
			相邻两块模板表面高低差	每5m	2	≤2mm			
	2	二次衬砌混凝土	中线	每5m	2	≤30mm			
			高程	每20m	1	+20，−30mm			

平均合格率（%）

施工（建设）单位检查评定结论	
监理（建设）单位意见	

监理工程师：（签字）

（或建设单位项目专业技术负责人）

项目专业质量检查员：（签字）

　　年　月　日

注：本表由施工项目专业质量检查员填写，监理工程师（建设单位项目技术负责人）组织项目专业质量检查员等进行验收，并应按上表进行记录。

3.7.18 定向钻施工管道检验批质量检验记录

表 B.0.1

编号：021202□□

工程名称		分部工程名称		分项工程名称	定向钻施工管道
施工单位				项目经理	
分包单位				施工班组长	
工程数量		分包项目经理		项目技术负责人	
交方班组		接方班组		检查日期	年 月 日

检查项目	序号	检查内容		检查依据/允许偏差或规定值或土偏差值(mm)	检查数量 范围	点数	检查结果/实测点偏差值或实测值 1 2 3 4 5 6 7 8 9 10	应测点数	合格点数	合格率(%)
主控项目	1	管节、防腐层材料		管节、防腐层等工程材料的产品质量符合国家相关标准规定和设计要求		全数观察	产品质量保证资料：			
	2	管节拼接、钢管外防腐		管节组对拼接、钢管外防腐层（验收）合格；接口补口的质量检验（焊口）的质量检验合格		逐个检查	施工检查记录：			
	3	接口、管道预水压试验		钢管接口焊接，聚乙烯管、聚丙烯管接口熔焊检验符合设计要求，管道预水压试验合格		观察	焊接检验报告： 管道预水压试验记录：			
	4	管道回拖线形、曲率		管道回拖后的线形应平顺，无突变形现象，实际曲率半径符合设计计要求		各1点	钻进、扩孔、回拖施工记录： 探测记录：			
一般项目	1	入土点位置	平面轴向、平面高程	20	每入、出土点	各1点				
	2	出土点位置	平面轴向	±20						
	3		平面横向	500						
	4		垂直向	1/2倍Di						
	5	高程	垂直向高程	±1/2倍Di						
	6		高程	±20						
	7	管道位置	水平轴线 压力管	1/2倍Di	每节管	不少于1点				
	8		无压管	±1/2倍Di						
	9		管道内底高程	+20，-30						
	10	控制井	井中心轴向（横向）	20	每座	各1点				
	11		井内洞口中心位置	20						

平均合格率（%）

施工单位检查评定结论	
	项目专业质量检查员：（签字） 年 月 日
监理（建设）单位意见	
	监理工程师：（签字） （或建设单位项目专业技术负责人）： 年 月 日

3.7.19 夯管施工管道检验批质量检验记录

表 B.0.1

编号：021302□□

工程名称		分部工程名称		分项工程名称	夯管施工管道
施工单位		项目经理		项目经理	
分包单位		施工员		施工班组长	
工程数量		分包项目经理		项目技术负责人	
交方班组		验收部位（井号）		检查日期	年 月 日

检查项目	序	检查内容	检验依据/允许偏差（规定值或土偏差值）(mm)		检查数量		检查结果 / 实测点偏差值或实测值											应测点数	合格点数	合格率（%）
					范围	点数	1	2	3	4	5	6	7	8	9	10			
主控项目	1	管节、焊材、防腐层等材料	管节、焊材、防腐层等工程材料的产品应符合国家相关标准和设计要求。		检查		产品质量合格证明：原材料质量保证资料：													
	2	拼接、外防腐、接口焊接	钢管组对拼接（焊口补口）的质量检验（验收）合格；钢管接口焊接检验符合设计要求。		全数观察		检查记录：					性能检验报告：进场验收记录：焊接检验报告：								
	3	管道线形、渗水	管道线形应平顺、无变形、裂缝、突弯等，破损现象；管道无明显渗水现象。		观察		按附录F第F.0.3条规定观察记录：													
一般项目	1	轴线水平位移	80		每管节	1														
	2	管道内底高程	Di<1500	40																
	3		Di≥1500	60																
	4	相邻管间错口（%）	≤2																	

平均合格率（%）

施工单位检查评定结论

项目专业质量检查员：（签字）

监理（建设）单位意见

监理工程师：（签字）

（或建设单位项目专业技术负责人）：（签字）

年 月 日

注：Di 为管道内径（mm）。2. Di≤700mm 时，一般项目 1.2.3 项可直接测量管道两端，项目 4 可检查施工记录。

3.8 沉管和桥管施工主体结构用表

3.8.1 沉管基槽浚挖及管基处理检验批质量检验记录

表 B.0.1　　　　　　　　　　　　　　　　　　　　　　编号：021401□□

工程名称		分部工程名称	沉管基槽浚挖及管基处理
施工单位		分项工程名称	
分包单位		项目经理	
工程数量		施工员	施工班组长
交方班组		分包项目经理	项目技术负责人
验收部位（桩号或井序号）		检查日期	年　月　日

检查项目	序号	检查内容	检验依据/允许偏差或规定值		检查数量 范围	检查数量 点数	检查结果/实测点偏差值或实测值 1	2	3	4	5	6	7	8	9	10	应测点数	合格点数	合格率(%)
主控项目	1	中心位置与深度	沉管基槽中心位置和浚挖深度应符合设立要求		查测量记录与浚挖记录	基槽宽度小于5m时测1点													
	2	沉管基础	沉管基槽处理、管基结构形式应符合设计要求		查施工记录与施工资料	基槽宽度大于5m时测2点													
一般项目	1	基础底部高程	土	0, −300	每5～10m取一个断面	1													
			石	0, −500															
	2	整平后基础顶面高程	压力管道	0, −200															
			无压管道	0, −100															
	3	基槽底部宽度	不小于规定	100															
	4	基槽水平轴线	不小于设计要求																
	5	基础宽度	砂基础	50															
	6	整平后基础平整度	砾石基础	150															
		平均合格率（%）																	

施工单位检查评定结论

监理（建设）单位检查意见

项目专业质量检查员：（签字）

监理工程师：（签字）

（或建设单位项目专业技术负责人）

项目专业质量检查员、项目技术负责人：（签字）

年　月　日

注：本表由施工单位项目质量检查员填写，监理工程师（建设单位项目专业技术负责人）组织项目专业质量检查员等进行验收，并应按上表进行记录。

3.8.2 组对拼装管道沉放检验批质量检验记录
表 B.0.1

编号：021402□□

工程名称		分部工程名称	组对拼装管道沉放
施工单位		施工员	项目经理
分包单位		分包项目经理	施工班组长
工程数量			项目技术负责人
交方班组		检查日期	年 月 日

验收部位（桩号或设计号）

检查项目	序号	检查内容	检验依据/允许偏差（规定值或土偏差值）	检查数量 范围	检查数量 点数	检查结果／实测点偏差值或实测值 1	2	3	4	5	6	7	8	9	10	应测点数	合格点数	合格率（%）
主控项目	1	保证资料	管节、防腐层等工程材料的产品质量保证资料齐全，各项性能符合规范及设计要求。		检查	质量合格证明书；进场验收报告；												
	2	组对拼装	陆上组对拼装管道（段）及接口连接和钢管防腐层；质量经验收合格，钢管接口熔接符合设计要求，聚乙烯管、接口熔接检验符合要求，管道预水压试验合格。	接口全数观察；		焊接报告；水压验收报告；												
	3	外观检查	管道（段）下沉均匀、平稳、无轴向扭曲，环向变形和明显突变等现象，水上、水下的接口连接质量经检验符合设计要求。	观察；	检查	检查沉放施工记录及相关检测记录；水上、水下的接口连接检验报告；												
一般项目	1	管道高程	压力管道 0，-200 / 无压力管道 0，-100		每10m	1												
	2	管道水平轴线	50		每10m	1												

平均合格率（%）

施工单位检查评定结论	项目专业质量检查员：（签字） 年 月 日
监理（建设）单位检查意见	监理工程师：（签字）（或建设单位项目专业技术负责人）：（签字）

注：本表由施工项目专业质量检查员填写，监理工程师（建设单位项目技术负责人）组织项目专业质量检查员等进行验收，并应按上表进行记录。

3.8.3 沉放的预制钢筋混凝土管节制作检验批质量检验记录

表 B.0.1

编号：021403□□

工程名称		分部工程名称		预制钢筋混凝土管节制作
施工单位		分项工程名称		
分包单位		项目经理		施工员
工程数量		分包项目经理		施工班组长
交方班组		验收部位(桩号或井号)	接方班组	项目技术负责人
				检查日期　年　月　日

检查项目	序号	检查内容	检验依据(允许偏差、规定值或偏差值)	检查范围	点数	检查结果 / 实测偏差值或实测值（1～10）	应测点数	合格点数	合格率(%)
主控项目	1	保证资料	原材料的产品质量保证资料齐全，各项性能符合有关标准的规定及设计要求。	检查 产品质量合格证明书；各项性能检验报告；进场复检报告；					
	2	钢筋、模板、混凝土	钢筋混凝土管节中的钢筋、模板、混凝土质量验收合格	按规范和设计要求检查					
	3	混凝土强度	混凝土强度、抗渗性能符合要求	检查 混凝土浇注记录 混凝土试验报告					
	4	外观质量	混凝土管节无严重质量缺陷	按规范附录C进行观察					
	5	抗渗检验	管节抗渗检验时无线流、滴漏和明显渗水现象，经检测平均渗漏量满足设计要求。	逐节检查，预水压渗漏试验记录；					
一般项目	1	外包尺寸	长 ±10 / 宽 ±10 / 高 ±5	每10m					
	2	结构厚度	底板、顶板 ±5 / 侧墙 ±5	每部位					
	3	断面对角线尺寸差	0.5%L	两端面	各4点				
	4	管节净尺寸	净宽 ±10 / 净高 ±10	每10m	各4点				
	5	主筋保护层	±5	每10m	各4点				
	6	平整度	5	每10m	各2点				
	7	垂直度	10	每10m	各2点				

平均合格率(%)

施工单位检查评定结论

项目专业质量检查员：(签字)

项目专业技术负责人：(签字)

监理(建设)单位验收意见

监理工程师：(签字)

(或建设单位项目专业技术负责人)：(签字)

年　月　日

注 L 为断面对角线长(mm)

3.8.4 沉放的预制钢筋混凝土管节接口预制加工检验批质量检验记录

表 B.0.1

编号：021403 □□

工程名称		分部工程名称	钢筋混凝土管节接口预制加工
施工单位		项目经理	
分包单位		分包项目经理	
工程数量		验收部位(桩号或井号)	
交方班组			

检查项目	序号	检查内容	检验依据/允许偏差(规定值或偏差值)	检查范围	点数	检查结果／实测点偏差值或实测值 1 2 3 4 5 6 7 8 9 10	应测点数	合格点数	合格率(%)
主控项目	1	钢壳质量	端部钢壳材质、焊缝质量等级应符合设计要求	每个钢壳的钢板面	每2m各1点	质量保证资料；焊缝质量检验报告：			
	2	不平整度	<5,且每延米内<1		两侧、中间各1点				
	3	垂直度	<5		两侧、中间各2点				
	4	端面竖向倾斜度	<5	每个钢壳					
	5	橡胶圈外观质量	符合规范表7.4-2规定	按批次每批检查					
一般项目	1	钢壳制作安装	按设计要求进行端部钢壳的制作与安装	逐个观察；查制作与安装记录					
	2	钢壳防腐处理	钢壳防腐处理符合设计要求	观察；查除锈、涂装记录；					
	3	胶圈安装	柔性接口橡胶池松状态，完成后处于松弛状态，并完整地附着在钢端面上	逐个观察					

平均合格率(%)

施工单位检查评定结论	项目专业质量检查员：(签字) 项目专业技术负责人：(签字) 年 月 日
监理(建设)单位意见	监理工程师：(签字) (或建设单位项目专业技术负责人) 年 月 日

注：本表由施工项目专业质量检查员填写，监理工程师(建设单位项目专业技术负责人)组织项目专业技术负责人、项目专业质量检查员等进行验收，并应收上表进行记录。

73

3.8.5 预制钢筋混凝土管的沉放检验批质量检验记录

表 B.0.1

编号：021501□□

工程名称		分部工程名称		分项工程名称	预制钢筋混凝土管的沉放
施工单位		项目经理		项目经理	
分包单位		分包项目经理		施工班组长	
工程数量				项目技术负责人	
交方班组		接方班组		检查日期	年 月 日

检查项目	序号	检查内容	检验依据/允许偏差（规定值或土偏差值）	检查数量（范围）	检查数量（点数）	检查结果 / 实测点偏差值或实测值 1	2	3	4	5	6	7	8	9	10	应测点数	合格点数	合格率（%）
主控项目	1	沉放前、后检查	沉放前，后管道无变形、受损，沉放及接口连接后管道无滴漏、线漏和明显显渗水现象，按规范范围表F第F.0.3条规定检查渗水程度	检查		沉放施工记录；												
	2	裂缝检查	沉放后，对于无裂缝设计的沉管严禁有任何裂缝；对于有裂缝设计的沉管，其表面裂缝宽度、深度应符合设计要求	观察，对可见的裂缝用裂缝观察仪检测，查找技术处理方案														
	3	接口连接	接口连接形式符合设计文件要求；柔性接口无渗水现象，混凝土刚性接口密实、无裂缝，无滴漏、线漏和明显渗水现象	逐个观察查找技术处理方案														
一般项目	1	管道高程	压力管道 0，-200 / 无压管道 0，-100	每10m	1点													
	2	沉放后管节四角高差	50	每管节	4点													
	3	管道水平轴线位置	50	每10m	1点													
	4	接口连接的对接错口	20	每接口每面	各1点													

平均合格率（%）

施工单位检查评定结论：

项目专业质量检查员：（签字）

项目专业技术负责人：（签字）　　年　月　日

监理（建设）单位意见：

监理工程师：（签字）

（或建设单位项目专业技术负责人：）　　年　月　日

3.8.6 沉管的稳管及回填检验批质量检验记录

表 B.0.1

编号：021502□□

工程名称				分部工程名称			分项工程名称							沉管的稳管及回填		
施工单位				施工员			项目经理									
分包单位				分包项目经理			施工班组长									
工程数量				验收部位（桩号或井号）			项目技术负责人									
交方班组				接方班组			检查日期							年 月 日		

检查项目	序号	检 查 内 容	检验依据/允许偏差（规定值或土偏差值）	检查数量		检查结果 / 实测点偏差值或实测值										应测点数	合格点数	合格率（%）
				范围	点数	1	2	3	4	5	6	7	8	9	10			
主控项目	1	回填材料	稳管、管基二次处理、回填时所用的材料应符合设计要求	检查		材料质量保证资料编号；												
	2	回填工艺	稳管、管基二次处理、回填应符合设计要求、管道未发生器浮和位移现象。	观察、检查稳管、管基二次处理回填施工记录														
一般项目	1	管道变形	管道未受外力影响而发生变形、破坏	观察														
	2	管基承载力	二次处理后管基承载力符合设计要求	检查		二次处理检验报告及记录。												
	3	基槽回填	基槽回填两侧均匀，管顶回填高度符合设计要求	每10m	1点													

平均合格率（%）

施工单位检查评定结论：

项目专业质量检查员：（签字）

年 月 日

监理（建设）单位意见：

监理工程师：（签字）
（或建设单位专业技术负责人）：（签字）

年 月 日

注：本表由施工项目专业质量检查员填写，监理工程师（建设单位专业技术负责人）组织项目技术负责人、建设单位专业质量检查员等进行验收，并应按上表进行记录。

3.8.7 桥管管道安装检验批质量检验记录
表 B.0.1

编号：021601□□

工程名称		分部工程名称	
施工单位		分项工程名称	桥管管道安装1
分包单位		项目经理	施工员
工程数量		分包项目经理	施工班组长
交方班组	接方班组	项目技术负责人	
验收部位（桩号或土编号）		检查日期	年 月 日

检查项目	序号	检查内容	检验依据/允许偏差（规定值或±偏差值）（mm）	检查数量 范围	点数	检查结果 / 实测点偏差值或实测值 1 2 3 4 5 6 7 8 9 10	应测点数	合格点数	合格率(%)
主控项目	1	原材料质量	管材、防腐层等工程材料的产品质量保证资料齐全，各项性能检验报告应符合国家相关标准和设计要求。	检查	全数检查	产品质量证明书；性能检验试验报告；			
	2	组对与拼装	钢管组对与拼装表和防腐层（包括焊口补口）的质量验收合格；钢管接口焊接符合设计要求。	全数检查		焊接检验报告编号：			
	钢管预拼装尺寸 1	长度	±3	每件	2				
	2	管口端面圆度	$D_0/500$，且≤5	每端面	1				
	3	管口端面与管线垂直度	$D_0/500$，且≤3	每端面	1				
	4	侧弯曲矢高	$L/1500$，且≤5	每件	1				
	5	跨中起拱度	$±L/5000$	每件	1				
	6	对口错边	$t/10$，且≤2	每件	3				
	3	管桥位置	桥管位置应符合设计要求，安装方式正确，且安装牢固、结构可靠，管道无变形和裂缝等现象。	观察		相关施工记录：			

施工单位检查评定结论	
	项目专业质量检查员：（签字）
	项目专业技术负责人：（签字）
	年 月 日

监理（建设）单位意见	
	监理工程师：（签字）
	（或建设单位项目专业技术负责人）：（签字）
	年 月 日

注：L为管道长度（mm），t为管道壁厚（mm）

3.8.7 桥管安装检验批质量检验记录 2
表 B.0.1

编号：续 021601□□

工程名称		分部工程名称	
施工单位		桥管管道安装 2	
分包单位		项目经理	
工程数量		施工员	
交方班组		分包项目经理	
验收部位（桩号或井号）		项目班组长	
检查数量		项目技术负责人	
		检查日期	年 月 日

检查项目	序号	检查内容	检验依据/允许偏差（规定值或±偏差）值（mm）	范围	点数	检查结果／实测点偏差值或实测值 1	2	3	4	5	6	7	8	9	10	应测点数	合格点数	合格率（%）
一般项目	1	支架 顶面高程	±5	每件	1													
		中心位置（轴向、横向）	10															
		水平度	L/1500															
	2	管道水细线位置	10	每跨	2													
	3	管道中部垂直上拱矢高	10		1													
	4	支架地脚螺栓（锚栓）中心位移	5															
	5	活动支架偏移量	符合设计要求															
	6	弹簧支架 工作圈数	≤半圈	每件	1													
		在自由状态下弹簧各圈节距	≤平均节距10%															
		两端支承面与弹簧轴线垂直度	≤自由高度10%															
	7	支架处的管道顶部高程	±10															

平均合格率（%）

施工单位检查评定结论

监理（建设）单位意见

项目专业质量检查员：（签字）

监理工程师：（签字）

（或建设单位项目专业技术负责人）：（签字）

年 月 日

注：L 为支架底边长。

3.9 管道附属构筑物用表

3.9.1 混凝土井室检验批质量验收记录

表 B.0.1

编号：030001□□

工程名称		分部工程名称		现浇混凝土井室
施工单位		项目经理		
分包单位		分包项目经理		
工程数量		施工员	施工班组长	
交方班组		验收部位（桩号或井号）	项目技术负责人	

检查项目	序号	检查内容	检验依据/允许偏差（规定值或±偏差值）	检查数量 范围	检查数量 点数	检查结果／实测点偏差或实测值 1	2	3	4	5	6	7	8	9	10	应测点数	合格点数	合格率(%)
主控项目	1	原材料	原材料、预制构件的质量符合有关标准和设计要求			合格证及检验报告编号：												
	2	砼强度	混凝土强度应符合标准和设计要求	每一台班1组	2	混凝土试验报告编号：												
一般项目	1	平面轴线位置（轴向、垂直轴向）	15	每一台班1组	2													
	2	结构断面尺寸	+10，0		2													
	3	井室直径 长、宽或直径	±20		2													
	4	井口高程 路面 +20 / 农田或绿地 与路面规定一致		每座	1													
	5	井底高程 开槽法管道铺设 Di≤1000 ±10 Di>1000 ±15 / 不开槽法管道铺设 Di<1500 +10，-20 Di≥1500 +20，-40			2													
	6	踏步安装 间距及外露长度	±10		1													
	7	脚窝 高、宽、深	±10															
	8	流槽宽度	+10		1													

平均合格率（%）

施工单位检查评定结论

监理（建设）单位意见

项目专业质量检查员：（签字）

监理工程师：（签字）
（或建设单位项目专业技术负责人）：（签字）

年 月 日   年 月 日

3.9.2 砖砌井室检验批质量检验记录
表 B.0.1

编号：030002□□　砖砌井室

工程名称		分部工程名称		分项工程名称	
施工单位		施工员		项目经理	
分包单位		分包项目经理		施工班组长	
工程数量				项目技术负责人	
交方班组		接方班组(班号或井号)		检查日期	年 月 日

检查项目	序号	检查内容	检验依据/允许偏差(规定值或设计值)	检查数量 范围	检查数量 点数	检查结果 / 实测点偏差值或实测值 1	2	3	4	5	6	7	8	9	10	应测点数	合格点数	合格率(%)
主控项目	1	原材料	原材料、预制构件的质量符合国家相关标准及设计要求。	合格证及检验报告编号：														
	2	砌筑砂浆强度	砂浆强度应符合标准和设计要求。	每50m²砌体1组		砂浆试验报告编号：												
	3	砌筑质量	砌筑结构应灰浆饱满，灰缝平直，不得有通缝，瞎缝；井室无渗水、水珠现象。	逐个检查														
一般项目	1	平面轴线位置(轴向、垂直轴向)	15		2													
	2	结构断面尺寸	+10, 0		2													
	3	井室尺寸 长、宽或直径	±20		2													
	4	井口高程 农田或绿地	+20	每座	1													
		路面	与路面规定一致															
	5	井底高程 开槽法管道铺设 Di≤1000	+10		2													
		Di>1000	±15															
		不开槽法管道铺设 Di<1500	+10，-20															
		Di≥1500	+20，-40															
	6	踏步安装 同距及外露长度	±10		1													
	7	脚窝 高、宽、深	±10															
	8	流槽宽度	+10															
平均合格率(%)																		
施工单位检查评定结论																		

施工单位检查评定结论：
项目专业质量检查员：(签字)
项目专业技术负责人：(签字)　　年 月 日

监理（建设）单位意见：
监理工程师：(签字)
(或建设单位项目专业技术负责人)：(签字)　　年 月 日

3.9.3 预制拼装井室检验批质量检验记录

表 B.0.1

编号：030003□□

工程名称				分部工程名称		分项工程名称		预制拼装井室
施工单位					施工员		项目经理	
分包单位					分包项目经理		施工班组长	
工程数量				验收部位（桩号或井号）			项目技术负责人	
交方班组				接方班组			检查日期	年 月 日

检查项目	序号	检查内容	检验依据/允许偏差值（规定值或土偏差值）	检查数量		检查结果 / 实测点偏差值或实测值											应测点数	合格点数	合格率（%）
				范围	点数	1	2	3	4	5	6	7	8	9	10			
主控项目	1	原材料	预制构件的质量应符合合国家相关标准及设计要求															
	2	砌筑砂浆强度	砂浆强度应符合标准和设计要求	每50m²1组		合格证及检验报告编号： 砂浆试验报告编号：												
	3	外观	预制装配式结构应坐浆、灌缝饱满密实、无裂缝	逐个观察														
一般项目	1	平面轴线位置（轴向、垂直轴向）	15		2													
	2	结构断面尺寸	±10、0		2													
	3	井室尺寸	长、宽或直径 ±20		2													
	4	井口高程	农田或绿地 +20		1													
			路面 与路面规定一致															
	5	井底高程	开槽法管道铺设 Di≤1000 ±10	每座														
			Di>1000 ±15															
			不开槽法管道铺设 Di<1500 +10，-20		2													
			Di≥1500 +20，-40															
	6	踏步安装	间距及外露长度 ±10		1													
	7	脚窝	高、宽、深 ±10															
	8	流槽宽度	±10															
平均合格率（%）																		

施工单位检查评定结论

监理（建设）单位意见

项目专业质量检查员：（签字）

项目专业技术负责人：（签字） 年 月 日

监理工程师：（签字）

（或建设单位项目专业技术负责人）：（签字） 年 月 日

3.9.4 雨水口及支、连管安装检验批质量检验记录
表 B.0.1

编号：030004□□

工程名称			分部工程名称		分项工程名称	雨水口及支、连管安装
施工单位					项目经理	
分包单位					施工班组长	
工程数量			验收部位(桩号或井号)		项目技术负责人	
交方班组			接方班组		检查日期	年 月 日

检查项目	序号	检查内容	检验依据/允许偏差(规定值或±偏差值)	检查数量 范围	检查数量 点数	检查结果 / 实测点偏差值或实测值 1 2 3 4 5 6 7 8 9 10	应测点数	合格点数	合格率(%)
主控项目	1	原材料	所用的原材料、预制构件的质量符合国家相关标准及设计要求	按进场批次		合格证及检验报告编号：			
	2	雨水口位置	雨水口位置正确，深度符合设计要求，安装不得歪扭	逐个观察					
	3	井框、井箅	井框、井箅应整齐无损	全数观察					
	4	井内	井内、连接管内无渗漏、滴漏现象	全数观察					
一般项目	1	井框、井箅吻合	≤10		1				
	2	井口与路面面高差	-5, 0		1				
	3	雨水口位置与道路边线平行	≤10		1				
	4	井内尺寸 长、宽	+20, 0	每座					
		深	0, -20		1				
	8	井内支、连管口底高度	0, -20		1				

平均合格率(%)	
施工单位检查评定意见	
监理(建设)单位检查意见	

项目专业质量检查员：(签字)

监理工程师：(签字)
(或建设单位项目专业技术负责人)

年 月 日

注：本表由施工项目专业质量检查员填写，监理工程师(建设单位项目专业技术负责人)组织项目专业质量检查员等进行验收，并应按上表进行记录。

81

3.9.5 管道支墩安装检验批质量检验记录

表 B.0.1

编号：030005□□

工程名称		分部工程名称		管道支墩安装
施工单位		施工员		项目经理
分包单位		分包项目经理		施工班组长
工程数量				项目技术负责人
交方班组		验收部位(桩号或井号)		检查日期　年　月　日

检查项目	序号	检查内容	检验依据/允许偏差(规定值或土偏差值)	检查数量 范围	检查数量 点数	检查结果 / 实测点偏差值或实测值 1	2	3	4	5	6	7	8	9	10	应测点数	合格点数	合格率(%)
主控项目	1	原材料	所用的原材料质量符合国家相关标准及设计要求	按进场批次		合格证及检验报告编号：												
	2	地基承载力	地基承载力、位置符合设计要求、支墩无位移、沉降	全数检查		施工记录：　测量记录：　地基处理技术资料：												
	3	砂浆强度	砂浆及结构混凝土符合设计要求	每50m³或一台班1组	2	砼试验报告：												
一般项目	1	平面轴线位置（轴向、垂直轴向）	15	每座	1													
	2	支撑面中心高程	±15															
	3	结构断面尺寸	（长、宽、厚）+10, 0	每座	3													

平均合格率（%）

施工单位检查评定结论	项目专业质量检查员：　　　　(签字)　　年　月　日
监理（建设）单位意见	监理工程师：　　　　　(签字) (或建设单位项目专业技术负责人)　　年　月　日

注：本表由施工项目专业质量检查员填写，监理工程师（建设单位项目专业技术负责人）组织项目专业质量检查员等进行验收，并应按上表进行记录。

4 检查、核查及管道现场试验用表

4.1 检查、核查用表

4.1.1 施工准备情况检查表

序号	检查依据	检查内容	检查结果	
			符合	不符合
1	3.1.1	施工单位应具备相应的施工资质,施工人员应具备相应的资格。		
2	3.1.2	施工单位应建立、健全施工技术、质量、安全生产等管理体系,制订各项施工管理规定,并贯彻执行。		
3	3.1.3	施工单位根据建设单位提供的施工界域内地下管线等构(建)筑物资料、工程水文地质资料,组织有关人员深入沿线调查,掌握现场实际情况,做好施工准备工作。		
4	3.1.4	施工单位应熟悉和审查施工图纸,实行自审、会审(交底)和签证制度;发现施工图有疑问、差错时,应及时提出意见和建议;如需变更设计,应按相应程序报审,经相关单位签证认定后实施。		
5	3.1.5	施工单位在开工前应编制施工组织设计,对关键的分项、分部应编制专项施工方案并按规定程序审批。		
6	3.1.6	施工临时设施应根据工程特点合理设置,并有总体布置方案。对不宜间断施工的项目,应有备用动力和设备。		
7	3.1.7	施工前,建设单位应组织有关单位进行现场交桩,施工单位对所交桩进行复合测量;原测桩有遗失或变位时,应及时补钉桩校正,并应经相应的技术质量管理部门和人员认定;施工测量应实行施工单位复核制、监理单位复测制,填写相关记录。		
8	3.1.13	施工单位必须取得安全生产许可证,并应遵守有关施工安全、劳动保护、防火、防毒的法律、法规,建立安全管理体系和安全生产责任制。对不开槽施工、过江河管道或深基槽等特殊作业,应制定专项施工方案。		
9	3.1.14	在质量检验、验收中使用的计量器具和检测设备,必须经计量检定、校准合格后方可使用。承担材料和设备检测的单位,应具备相应的资质。		
10	4.1.1	施工单位对建设单位提供施工影响范围内的地下管线(构筑物)及其他设施资料应采取措施加以保护。		
检查结果及处置意见		结果: 处置意见: 总监理工程师(建设单位项目技术负责人):　　　　　年　月　日		

4.1.2 工程质量(安全)保证体系审查表

单位工程名称

施工单位			建设单位		
监理单位					

机构人员		职务	姓名	专业职称	执业资格证书	证书编号
	施工单位	项目经理				
		技术负责人				
		专职质量检查员				
		专职安全员				
	建设单位	项目负责人				
		项目专业技术负责人				
		项目管理员				
	监理单位	项目总监				
		监理工程师				
		见证取样员				
	勘察设计单位	勘察项目负责人				
		勘察技术负责人				
		设计项目负责人				
		结构设计负责人				

检测单位名称(合同文号)	检测单位资质编号	计量认证书编号

审查意见

项目监督工程师(质监站该项目负责人):　　　　　　　　　　　年　月　日

4.1.3 给水排水管道工程强制性条文执行情况检查记录

工程名称： 　　　　　　　　　　　　　检查日期：　　年　　月　　日

项　目	条号	条款号	检查内容	检查结果	
				符合	不符合
总则	1	1.0.3	给排水管道工程所用的原材料、半成品、成品等产品的品种、规格、性能必须符合国家有关标准的规定和设计要求；接触饮用水的产品必须符合有关卫生要求。严禁使用国家明令淘汰、禁用的产品。		
基本规定	3	3.1.9	工程所用的管材、管道附件、构（配）件和主要原材料等产品进入施工现场时必须进行进场验收并妥善保管。进场验收时应检查每批产品的订购合同、质量合格证书、性能检验报告、使用说明书、进口产品的商检报告及证件等，并按国家有关标准规定进行复检，验收合格后方可使用。		
		3.1.15	给排水管道工程施工质量控制应符合下列规定： 1.各分项工程应按照施工技术标准进行质量控制，每分项工程完成后，必须进行检验。 2.相关各分项工程之间，必须进行交接检验，所有隐蔽分项工程必须进行隐蔽验收，未经检验或验收不合格不得进行下道分项工程。		
		3.2.8	通过返修或加固处理仍不能满足结构安全或使用功能要求的分部（子分部）工程、单位（子单位）工程，严禁验收。		
管道功能性试验	9	9.1.10	给水管道必须水压试验合格，并网运行前进行冲洗与消毒，经检验水质达到标准后，方可允许并网通水投入运行。		
		9.1.11	污水、雨污水合流管道及湿陷土、膨胀土、流沙地区的雨水管道，必须经严密性试验合格后方可投入运行。		
检查结论		施工单位技术负责人：　　　　　　　总监理工程师： 施工单位项目经理：　　　　　　　（建设单位项目负责人）： 　　年　　月　　日　　　　　　　　　年　　月　　日			

注：本表检查结论由总监理工程师或建设单位项目负责人填写。

4.1.4 单位(子单位)工程质量控制资料核查记录

工程名称				施工单位			
序号	项目	资料名称	份数	施工单位		监理(建设)单位	
				审查意见	审查人	核查意见	核查人
1	施工技术管理	① 施工组织设计(施工方案)、专题施工方案及批复;②焊接工艺评定及作业指导书;③图纸会审、施工技术交底;④设计变更、技术联系单;⑤质量事故(问题)处理;⑥材料、设备进场验收;计量仪器校核报告;⑦工程会议纪要;⑧施工日记。					
2	施工测量	①控制桩(副桩)、永久(临时)水准点测量复核;②施工放样复核;③竣工测量。					
3	材质质量保证资料	① 管节、管件、管道设备及管配件等;②防腐层材料、阴极保护设备及材料;③钢材、焊材、水泥、砂石、橡胶止水圈、混凝土、砖、混凝土外加剂、钢制构件、混凝土预制构件。					
4	施工检测	① 管道接口连接质量检测(钢管焊接无损探伤检验、法兰或压兰螺栓拧紧力矩检测、熔焊检验②内外防腐层(包括补口、补伤)防腐检测;③ 预水压试验;④混凝土强度、混凝土抗渗、混凝土抗冻、砂浆强度、钢筋焊接;⑤回填土压实度;⑥柔性管道环向变形检测;⑦不开槽施工土层加固、支护及施工变形等测量;⑧管道设备安装测试;⑨阴极保护安装测试;⑩桩基完整性检测、地基处理检测。					
5	施工记录	①接口组对拼装、焊接、栓接、熔接;②地基基础、地层等加固处理;③桩基成桩;④支护结构施工;⑤沉井下沉;⑥混凝土浇筑;⑦管道设备安装;⑧顶进(掘进、钻进、夯进);⑨沉管沉放及桥管吊装;⑩焊条烘陪、焊接热处理;⑪防腐层补口补伤等。					
6	验收记录	① 检验批、分项、分部(子分部)、单位(子单位)工程质量验收记录;② 隐蔽验收记录。					
7	结构安全和使用功能性检测	① 管道水压试验;②给水管道冲洗消毒③管道位置及高程;④浅埋暗挖管道、盾构管片拼装变形测量;⑤混凝土结构管道渗漏水调查;⑥管道及抽升泵站设备(或系统)调试、电气设备电试;⑦阴极保护系统测试;⑧桩基动测、静载试验。					
8	竣工图						

结论:　　　　　　　　　　　　　结论:

施工单位技术负责人:
施工项目经理:
　　　　　年　月　日

总监理工程师:
　　　　　年　月　日

4.1.5　单位(子单位)工程结构安全和使用功能检验资料核查表

工程名称				施工单位		
序号	安全和功能检查项目	份数	施工单位		监理(建设)单位	
			审查意见	审查人	核查意见	核查人
1	压力管道水压试验(无压力管道严密性试验)记录					
2	给水管道冲洗消毒记录和报告					
3	阀门安装及运行功能调试报告及抽查检验					
4	其他管道设备安装调试报告及功能检测					
5	管道位置高程及管道变形测量及汇总					
6	阴极保护安装及系统测试报告及抽查检验					
7	防腐绝缘检测汇总及抽查检验					
8	钢管焊接无损检测报告汇总					
9	混凝土试块抗压强度试验汇总					
10	混凝土试块抗渗、抗冻试验汇总					
11	地基基础加固检测报告					
12	桥管桩基础动测或静载试验报告					
13	混凝土结构管道渗漏调查记录					
14	抽升泵站的地面建筑					
15	其他					

结论(由监理或建设单位填写):

施工单位技术负责人:　　　　　　　　　总监理工程师:
施工单位项目经理:　　　　　　　　　　(建设单位项目负责人)
　　　　　　　　　年　月　日　　　　　　　　　　　　年　月　日

4.1.6 单位(子单位)工程观感质量检查表

编号：

工程名称		施工单位										
序号	检查内容及标准	观察结果								质量评价		
		1	2	3	4	5	6	7	8	好	一般	差
1	管道工程　管道、管道附件位、附属构筑物位置											
2	管道设备											
3	附属构筑物											
4	大口径管道(渠、廊):管道内部、管廊内管道安装											
5	地上管道(桥管、架空管、虹吸管)及承重结构											
6	回填土											
7	顶管、盾构、浅埋暗挖、定向钻、夯管　管道结构											
8	防水、防腐											
9	管缝(变形缝)											
10	进、出洞口											
11	工作坑(井)											
12	管道线形											
13	附属构筑物											
14	抽升泵站　下部结构											
15	地面建筑											
16	水泵机电设备、管道安装及基础支架											
17	防水、防腐											
18	附属设施、工艺											
观感质量综合评价												

结论： 检查结论(由监理工程师或建设单位项目专业技术负责人填写)

施工单位项目经理： 总监理工程师(或建设单位项目专业技术负责人):
　年　月　日

注:地面建筑宜符合国家标准《建筑工程施工质量验收统一标准》(GB50300-2001)的有关规定。

4.2 管道现场试验用表及说明

4.2.1 注水法试验记录表

工程名称			试验日期		年 月 日
桩号及地段					
管道内径(mm)	管材种类		接口种类		试验长度(m)
工作压力(MPa)	试验压力(MPa)		15min降压值(MPa)		允许渗水量 [L/(min.km)]
渗水量测定记录	次数	达到试验压力的时间 t1	恒压结束时间 t2	恒压时间 T(min)	恒压时间内补入的水量 W(L)	实测渗水量 q [L/(min·m)]
	1					
	2					
	3					
	4					
	5					
	折合平均实测渗水量[L/(min·km)]					
外观记录					
评语					

建设单位：   施工单位：
监理单位：   设计单位：
试验负责人：   记录员：

4.2.2 管道闭水试验记录表

工程名称			试验日期	年　月　日

桩号及地段				

管道内径(mm)	管材种类	接口种类	试验段长度(m)

试验段上游设计水头 (m)	试验水头 (m)	允许渗水量 [m³/(24h·km)]	

渗水量测定记录	次数	观测起始时间 T1	观测结束时间 T2	恒压时间 T(min)	恒压时间内补入的水量 W(L)	实测渗水量 q [L/(min·m)]
	1					
	2					
	3					
	4					
	5					
	折合平均实测渗水量[m³/(24h·km)]					

外观记录	

评语	

建设单位：　　　　　　　　　施工单位：
监理单位：　　　　　　　　　设计单位：
试验负责人：　　　　　　　　记录员：

4.2.3 管道闭气检验记录表

工程名称				
施工单位				
起止井号	号井段至_____号井段_____共_____m			
管　径	φ_____mm_____管	接口种类		
试验日期	试验次数	第___次 共___次	环境温度	℃
标准闭气时间(s)				
≥1600mm 管道的 内压修正	起始温度 T1(s)	终止温度 T2(s)	标准闭气时间时 的管内压力值 P(Pa)	修正后管内气体 压降值 ⊿P(Pa)

建设单位：　　　　　　　　　　施工单位：
监理单位：　　　　　　　　　　设计单位：
试验负责人：　　　　　　　　　记录员：

4.2.4 管道功能性试验说明

1 给排水管道安装完成后应按下列要求进行管道功能性试验：

1) 压力管道应按压力管道水压试验的相关规定进行，分预试验和主试验阶段；试验合格的判定依据分为允许压力降值和允许渗水量值，按设计要求确定；设计无要求时，应根据工程实际情况，选用其中一项值或同时采用两项值作为试验合格的最终判定依据。

2) 无压管道应按管道严密性试验的相关规定进行，分为闭水试验和闭气试验，按设计要求确定；设计无要求时，应根据实际情况选择闭水试验或闭气试验进行管道功能性试验；

3) 压力管道水压试验进行实际渗水量测定时，宜采用注水法。

2 管道功能性试验涉及水压、气压作业时，应有安全防护措施，作业人员应按相关安全作业规程进行操作。管道水压试验和冲洗消毒排出的水，应及时排放至规定地点，不得影响周围环境和造成积水，并应采取措施确保人员、交通通行和附近设施的安全。

3 压力管道水压试验或闭水试验前，应做好水源的引接、排水的疏导等方案。

4 向管道内注水应从下游缓慢注入,注入时在试验管段上游的管顶及管段中的高点应设置排气阀,将管道内的气体排除。

5 冬期进行压力管道水压试验或闭水试验时,应采取防冻措施。

6 单口水压试验合格的大口径球墨铸铁管、玻璃钢管、预应力钢筒混凝土管或预应力混凝土管等管道,设计无要求时应符合下列规定:

1) 压力管道可免去预试验阶段,而直接进行主试验阶段;

2) 无压管道应认同严密性试验合格,无需进行闭水或闭气试验。

7 全断面整体现浇的钢筋混凝土无压管渠处于地下水位以下时,除设计有要求外,管渠的混凝土强度、抗渗性能检验合格,并按 GB50268-2008 规范附录 F 的规定进行检查设计要求时,可不必进行闭水试验。

8 管道采用两种(或两种以上)管材时,宜按不同管材分别进行试验;不具备分别试验的条件必须组合试验,且设计无具体要求时,应采用不同管材的管段中试验控制最严的标准进行试验。

9 管道的试验长度除 GB50268-2008 规范规定和设计另有要求外,压力管道水压试验的管段长度不宜大于 1.0km;无压力管道的闭水试验,条件允许时可一次试验不超过 5 个连续井段;对于无法分段试验的管道,应由工程有关方面根据工程具体情况确定。

10 给水管道必须水压试验合格,并网运行前进行冲洗与消毒,经检验水质达到标准后,方可允许并网通水投入运行。

11 污水、雨污水合流管道及湿陷土、膨胀土、流沙地区的雨水管道,必须经严密性试验合格后方可投入运行。

12 压力管道水压试验:

1)水压试验前,施工单位应编制的试验方案,其内容应包括:

(1)后背及堵板的设计;

(2)进水管路、排气孔及排水孔的设计;

(3)加压设备、压力计的选择及安装设计;

(4)排水疏导措施;

(5)升压分级的划分及观测制度的规定;

(6)试验管段的稳定措施和安全措施。

2)试验管段的后背应符合下列规定:

(1)后背应设在原状土或人工后背上,土质松软时 应采取加固措施;

(2)后背墙面应平整并与管道轴线垂直。

3)采用钢管、化学建材管的压力管道,管道中最后一个焊接接口完毕一个小时以上方可进行水压试验。

4)水压试验管道内径大于或等于 600mm 时,试验管段端部的第一个接口应采用柔性接口,或采用特制的柔性接口堵板。

5)水压试验采用的设备、仪表规格及其安装应符合下列规定:

(1)采用弹簧压力计时 ,精度不低于 1.5 级,最大量程宜为试验压力的 1.3—1.5 倍,表壳的公称直径不宜小于 150mm。使用前经校正并具有符合规定的检定证书;

(2)水泵、压力计应安装在试验段的两端部与管道轴线相垂直的支管上;

6) 开槽施工管道试验前,附属设备安装应符合下列规定:

(1)非隐蔽管道的固定设施已按设计要求安装合格;

(2)管道附属设备已按要求紧固、锚固合格;

(3)管件的支墩、锚固设施混凝土强度已达到设计强度;

(4)未设置支墩、锚固设施的管件,应采取加固措施并检查合格。

7) 水压试验前,管道回填土应符合下列规定:

(1)管道安装检查合格后,应按 GB50268-2008 规范第 4.5.1 条第 1 款的规定回填土;

(2)管道顶部回填土宜留出接口位置以便检查渗漏处。

8) 水压试验前准备工作应符合下列规定:

(1)试验管段所有敞口应封闭,不得有渗漏水现象;

(2)试验管段不得用闸阀做堵板,不得含有消火栓、水锤消除器、安全阀等附件;

(3)水压试验前应清除管道内的杂物。

9) 试验管段注满水后,宜在不大于工作压力条件下充分浸泡后再进行水压试验,浸泡时间应符合下表:

压力管道水压试验前浸泡时间

管材种类	管道内径 D_i(mm)	浸泡时间(h)
球墨铸铁管(有水泥砂浆衬里)	D_i	≥24
钢管(有水泥砂浆衬里)	D_i	≥24
化学建材管	D_i	≥24
现浇钢筋混凝土管渠	D_i≤1000	≥48
	D_i>1000	≥72
预(自)应力混凝土管、预应力钢筒混凝土管	D_i≤1000	≥48
	D_i>1000	≥72

10) 水压试验应符合下列规定:

(1)试验压力应按下表选择确定:

压力管道水压试验的试验压力(MPa)

管材种类	工作压力 P	试验压力
钢管	P	P+0.5,且不小于 0.9
球墨铸铁管	≤0.5	2P
	>0.5	P+0.5
预(自)应力混凝土管、预应力钢筒混凝土管	≤0.6	1.5P
	>0.6	P+0.3
现浇钢筋混凝土管渠	≥0.1	1.5P
化学建材管	≥0.1	1.5P 且不小于 0.8

(2)预试验阶段:将管道内水压缓缓地升至试验压力并稳压 30min,期间如有压力下降可注水补压,但不得高于试验压力;检查管道接口、配件等处有无漏水、损坏现象;有漏水、损坏现象时应及时停止试压,查明原因并采取相应措施后重新试压。

(3)主试验阶段:停止注水补压,稳压 15min;当 15min 后压力下降不超过下表中所列允许压力降数值时,将试验压力降至工作压力并保持恒压 30min,进行外观检查若无漏水现象,则水压试验合格。

压力管道水压试验的允许压力降(MPa)

管材种类	试验压力	允许压力降
钢管	$P+0.5$,且不小于 0.9	0
球墨铸铁管	2P	0.03
	$P+0.5$	
预(自)应力混凝土管、	1.5P	
预应力钢筒混凝土管	$P+0.3$	
现浇钢筋混凝土管渠	1.5P	
化学建材管	1.5P 且不小于 0.8	0.02

(4)管道升压时,管道的气体应排除;升压过程中,发现弹簧压力计表针摆动、不稳,且升压较慢时,应重新排气后再升压。

(5)应分级升压。每升一级应检查后背、支墩、管身及接口,无异常现象时再继续升压。

(6)水压试验过程中,后背支撑、管道两端严禁站人。

(7)水压试验时,严禁修补缺陷;遇有缺陷时,应做出标记,卸压后修补。

11)压力管道采用允许渗水量进行最终合格判定依据时,实测渗水量应小于或等于下表的规定及下列公式规定的允许渗水量。

压力管道水压试验的允许渗水量

管道内经 D_i(mm)	允许渗水量(L/min·km)		
	焊接接口钢管	球墨铸铁管、玻璃钢管	预(自)应力混凝土管、预应力钢筒混凝土管
100	0.28	0.70	1.40
150	0.42	1.05	1.72
200	0.56	1.40	1.98
300	0.85	1.70	2.42
400	1.00	1.95	2.80
600	1.20	2.40	3.14
800	1.35	2.70	3.96
900	1.45	2.90	4.20
1000	1.50	3.00	4.42
1200	1.65	3.30	4.70
1400	1.75	—	5.00

(1)当管径大于上表规定时,实测渗水量应小于或等于按下列公式计算的允许渗水量:

钢管:$q=0.05\sqrt{D_i}$　球墨铸铁管(玻璃钢管):$q=0.1\sqrt{D_i}$

预(自)应力混凝土管、预应力钢筒混凝土管:$q=0.14\sqrt{D_i}$

(2)现浇钢筋混凝土管渠实测渗水量应小于或等于按下式计算的允许渗水量:$q=0.014D_i$

(3)硬聚氯乙烯管实测渗水量应小于或等于按下式计算的允许渗水量:

$$q = 3 \cdot \frac{D_i}{25} \cdot \frac{P}{0.3\alpha} \cdot \frac{1}{1440}$$

式中 q——允许渗水量（L/min.km）；D_i——管道内径（mm）；P——压力管道的工作压力（MPa）

α——温度—压力折减系数；当试验水温 0℃～25℃时，α 取 1；当试验水温 25℃～35℃时，取 0.8；

当试验水温 35℃～45℃时，α 取 0.63。

12）聚乙烯管、聚丙烯管及其复合管的水压试验除应符合本说明 4.2.4.12 的第 10 条的规定外，其预试验、主试验阶段应按下列规定执行：

（1）预试验阶段：按本说明 4.2.4.12 的第 10 条的第（2）款的规定完成后，应停止注水补压并稳定 30min；当 30min 后压力下降不超过试验压力的 70%，则预试验结束；否则重新注水补压并稳定 30min 再进行观测，直至 30min 后压力下降不超过试验压力的 70%。

（2）主试验阶段应符合下列规定：

a 在预试验阶段结束后，迅速将管道泄水降压，降压量为试验压力的 10%～15%；期间应准确计量降压所泄出的水量（ΔV），并按下式计算允许泄出的最大水量 ΔVmax：

$$\Delta V\text{max} = 1.2V\Delta P\left(\frac{1}{E_w} + \frac{D_i}{e_n E_p}\right)$$

式中 V——试压管段总容积（L）；ΔP——降压量（MPa）；E_w——水的体积模量，不同水温时 E_w 可按下表采用；

E_p——管材弹性模量（MPa），与水温及试压时间有关；D_i——管材内径（m）；e_n——管材公称壁厚（m）。

ΔV 小于或等于 ΔVmax 时，则按本款的 b、c、d 项进行作业；

ΔV 大于 ΔVmax 时应停止试压，排除管内过量空气再从预试验阶段开始重新试验。

温度与体积模量关系

温度（℃）	体积模量（MPa）	温度（℃）	体积模量（MPa）
5	2080	20	2170
10	2110	25	2210
15	2140	30	2230

b 每隔 3min 记录一次管道剩余压力，应记录 30min；30min 内管道剩余压力有上升趋势时，则水压试验结果合格。

c 30min 内管道剩余压力无上升趋势时，则应持续观察 60min；整个 90min 内压力下降不超过 0.02MPa，则水压试验结果合格。

d 主试验阶段上述两条均不能满足时，则水压试验结果不合格，应查明原因并采取相应措施后再重新组织试压。

13）大口径球墨铸铁管、玻璃钢管及预应力钢筒混凝土管道的接口单口水压试验应符合下列规定：

（1）安装时应注意将单口水压试验用的进水口（管材出厂时已加工）置于管道顶部；

（2）管道接口连接完毕后进行单口水压试验，试验压力为管道设计压力的 2 倍，且不得小于 0.2MPa；

(3)试压采用手提式打压泵,管道连接后将试压嘴固定在管道承口的试压孔上,连接试压泵,将压力升至试验压力,恒压 2min;无压力降为合格;

(4)试压合格后,取下试压嘴,在试压孔上拧上 M10×20mm 不锈钢螺栓并拧紧。

(5)水压试验时应先排净水压腔内的空气;

(6)单口试压不合格且确认是接口漏水时,应马上拔出管节,找出原因,重新安装,直至符合要求为止。

13 无压管道的闭水试验:

1)闭水试验法应按设计要求和试验方案进行。

2)试验管段应按井距分隔,抽样选取,带井试验。

3)无压管道闭水试验时,试验管段应符合下列规定:

(1)管道及检查井外观质量已验收合格;

(2)管道未回填土且沟槽内无积水;

(3)全部预留孔应封堵,不得渗水;

(4)管道两端堵板承载力经核算应大于水压力的合力;除预留进出水管外,应封堵坚固,不得渗水;

(5)顶管施工,其注浆孔封堵且管口按设计要求处理完毕,地下水位于管底以下。

4)管道闭水试验应符合下列规定:

(1)试验段上游设计水头不超过管顶内壁时,试验水头应以试验段上游管顶内壁加 2m 计;

(2)试验段上游设计水头超过管顶内壁时,试验水头应以试验段上游设计水头加 2m 计;

(3)计算出的试验水头小于 10m,但已超过上游检查井井口时,试验水头应以上游检查井井口高度为准;

(4)管道闭水试验应按 GB50268-2008 规范附录 D(闭水法试验)进行。

5)管道闭水试验时,应进行外观检查,不得有漏水现象,且符合下列规定时,管道闭水试验合格:

(1)实测渗水量小于或等于下表规定的允许渗水量;

(2)管道内径大于下表规定时,实测渗水量应小于或等于按下式计算的允许渗水量;

$$q = 1.25\sqrt{D_i}$$

(3)异型截面管道的允许渗水量可按周长折算为圆形管道计;

(4)化学建材管的实测渗水量应小于或等于按下式计算的允许渗水量。

$q = 0.0046D_i$　式中:q——允许渗水量(m³/24h·km);D_i——管道内径(mm)。

无压管道闭水试验允许渗水量

管材	管道内径 D_i(mm)	允许渗水量【m³/(24h·km)】
钢筋混凝土管	200	17.6
	300	21.62
	400	25.00
	500	27.95
	600	30.60
	700	33.00
	800	35.35
	900	37.50
	1000	39.52
	1100	41.45
	1200	43.30
	1300	45.00
	1400	46.70
	1500	48.40
	1600	50.00
	1700	51.50
	1800	53.00
	1900	54.48
	2000	55.90

6) 管道内径大于 700mm 时,可按管道井段数量抽取 1/3 进行试验;试验不合格时,抽样井段数量应在原抽样基础上加倍进行试验。

7) 不开槽施工的内径大于或等于 1500mm 钢筋混凝土管道,设计无要求时且地下水位高于管道顶部时,可采用内渗法测渗水量;渗漏水量测方法按 GB50268-2008 规范附录 F 的规定进行,符合下列规定时,则管道抗渗性能满足要求,不必再进行闭水试验:

(1)管壁不得有线流、滴漏现象;

(2)对有水珠、渗水部位应进行抗渗处理;

(3)管道内渗水量允许值 $q \leqslant 2$【L/(m²·d)】。

14 无压管道的闭气试验:

1) 闭气试验适用于混凝土类的无压管道在回填土前进行的严密性试验。

2) 闭气试验时,地下水位低于管外底 150mm,环境温度为 -15～50℃。

3) 下雨时不得进行闭气试验。

4) 闭气试验合格标准应符合下列规定:

(1)规定标准闭气试验时间符合下表的规定,管内实测气体压力 P≥1500Pa 则管道闭气试验合格。

(2)被检测管道内径大于或等于 1600mm 时,应记录测试时管内气体温度(℃)的起始值 T1 及终止值 T2,并将达到标准闭气时间时膜盒表显示的管内压力值 P 记录,用下列公式加以修正,修正后管内气体压降值为 ΔP:$\Delta P = 103300 - (P + 101300)(273 + T1)/(273 + T2)$

ΔP 如果小于 500Pa,管道闭气试验合格。

钢筋混凝土无压管道闭气检验规定标准闭气时间

管道 DN(mm)	管内气体压力(Pa)		规定标准闭气时间 S(‴)
	起点压力	终点压力	
300	—	—	1′45″
400			2′30″
500	2000	≥1500	3′15″
600			4′45″
700			6′15″
800			7′15″
900			8′30″
1000			10′30″
1100			12′15″
1200			15′
1300			16′45″
1400			19′
1500			20′45″
1600			22′30″
1700			24′
1800			25′45″
1900			28′
2000			30′
2100			32′30″
2200			35′

(3)管道闭气试验不合格时,应进行漏气检查、修补后复检。

(4)闭气试验装置及程序见 GB50268-2008 规范附录 E。

15 给水管道冲洗与消毒

1) 给水管道冲洗与消毒应符合下列要求:

(1)给水管道严禁取用污染水源进行水压试验、冲洗,施工管段处于污染水水域较近时,必须严格控制污染水进入管道;如不慎污染管道,应由水质检测部门对管道污染水进行化验,并按其要求在管道并网运行前进行冲洗与消毒;

(2)管道冲洗与消毒应编制实施方案;

(3)施工单位应在建设单位、管理单位的配合下进行冲洗与消毒;

(4)冲洗时,应避开用水高峰,冲洗流速不小于 1.0m/s,连续冲洗;

2) 给水管道冲洗消毒准备工作应符合下列规定:

(1)用于冲洗管道的清洁水源已经确定;

(2)消毒方法和用品已经确定,并准备就绪;

(3)排水管道已安装完毕,并保证畅通、安全;

(4)冲洗管段末端已设置方便、安全的取样口;

(5)照明和维护等措施已经落实。

3) 管道冲洗与消毒应符合下列规定：

(1) 管道第一次冲洗应用清洁水冲洗至出水口水样浊度小于 3NTU 为止，冲洗流速应大于 1.0m/s。

(2) 管道第二次冲洗应在第一次冲洗后，用有效氯离子含量不低于 20mg/L 的清洁水浸泡 24h 后，再用清洁水进行第二次冲洗直至水质检测、管理部门取样化验合格为止。

5 工程用表填写范例

5.1 施工现场质量管理检查记录

(GB50300－2001)

工程名称	椒江污水二期进厂管线工程	施工许可证号	SG-1234567
建设单位	椒江污水二期工程建设指挥部	项目负责人	方某某
设计单位	中国华北市政工程设计研究院	项目负责人	高某某
监理单位	杭州天恒建设投资管理有限公司	项目负责人	罗 某
施工单位	方远建设集团股份有限公司	项目经理	钟永兵

序号	项目	主要内容
1	现场质量管理制度	1.质量例会制度;2.设计交底制度;3.技术交底制度;4.三检制度。
2	质量责任制	1.岗位责任制;2.月评奖惩制度;3.质量与经济挂勾制度。
3	主要专业工种操作上岗证	测量工、电工、机操工、电焊工均持证上岗
4	分包方资质与对分包方管理制度	无分包
5	施工图审查情况	审查号:台 S12010101
6	地质勘察资料	地质报告书(某勘察院)
7	施工组织及方案审批	施工组织设计、方案审批手续齐全
8	施工技术标准	沟槽、基础、安管、回填齐全
9	工程质量检查制度	1.原材料检验制度;2.项目抽检检测计划
10	搅拌站及计量设置	有管理制度及合格的计量措施,计量器具有效
11	现场材料、设备存放与管理	有砂、石、砖、水泥、管材、钢筋等存放管理制度
12		

检查结论:

　　　　现场质量管理符合要求

总监理工程师

(建设单位项目专业技术负责人):罗 某　　　　　　　　2009 年 10 月 10 日

5.2 检 验 批

5.2.1 沟槽土方开挖检验批质量检验记录

表 B.0.1

编号：01000101

工程名称	武汉污水二期进厂管线工程	分部工程名称	土方工程	分项工程名称	沟槽土方开挖
施工单位	方远建设集团股份有限公司	施工员	张某	项目经理	钟永兵
分包单位	无	分包项目经理	无	施工班组长	李某
工程数量	D800管95m	验收部位(井号)	W1~W2~W3	项目技术负责人	陈某
交方班组	一组	接方班组	二组	检查日期	2009年10月10日

检查项目	序号	检查内容	检验依据/允许偏差（规定值或±偏差值）	检查数量 范围	检查数量 点数	检查结果 / 实测点偏差值或实测值										应测点数	合格点数	合格率(%)
						1	2	3	4	5	6	7	8	9	10			
主控项目	1	原状地基土观察、检查	原状地基土不得扰动、受水浸泡或受冻	全数		见施工记录：												符合
	2	地基承载力	满足设计要求	全数		检验报告编号：见勘察报告												满足设计
	3	压实度、厚度检查	压实度、厚度满足设计要求	20m	1	检验报告编号：环刀001										5	5	100
一般项目	1	槽底高程 (mm)	土方 ±20	两井之间	3	+10	-25	+15	-10	-15						6	5	83.3
			石方 +20，-200														
	2	槽底中线每侧宽度 (mm)	不小于规定	两井之间	6	+15	+5	+5	-10	+15	+5	-5	+5	+0		12	10	83.3
						+15	+5	+5										
	3	沟槽边坡	不陡于规定(1:0.5)1	两井之间	6	1.1	1.02	1.05	0.9	1.05	1.02	1.1	1.1	1.12 . 1.08		12	11	91.67
						1.07	1.06										

平 均 合 格 率 (%)：86.1

施工单位检查评定结论	合 格	项目专业质量检查员：阮某
监理（建设）单位意见	合 格	监理工程师：（签字） 监理工程师 （或建设单位项目专业技术负责人）：罗某 2009 年 10 月 10 日

注：本表由施工项目专业质量检查员填写，监理工程师（建设单位项目技术负责人）组织项目专业质量检查员等进行验收，并应按上表进行记录。

5.2.2 沟槽(基坑)支护检验批质量检验记录
表 B.0.1

编号：01000201

工程名称	椒江污水二期进厂管线工程	分部工程名称	土方工程	分项工程名称	沟槽支护
施工单位	方远建设集团股份有限公司	施工员	张某	项目经理	钟永兵
分包单位	无	分包项目经理	无	施工班组长	李某
工程数量	D800管 95m	验收部位(井号)	W1~W2~W3	项目技术负责人	陈某
交方班组	一组 / 二组			检查日期	2009年10月10日

检查项目	序号	检查内容	检验依据/允许偏差(规定值或允许偏差值)	检查范围	点数	检查结果 / 实测点偏差值或实测值										应测点数	合格点数	合格率(%)
						1	2	3	4	5	6	7	8	9	10			
主控项目	1	支撑方式、支撑材料	支撑方式、材料符合设计要求	查记录		24#B型钢板桩符合方案要求											符合方案
	2	支护结构强度、刚度、稳定性	支护结构强度、刚度、定性符合设计要求	检查施工方案及施工记录		方式方法符合方案要求											符合方案
一般项目	1	支撑形式	支撑不得妨碍下管和稳管	观察	全数	无支撑											
	2	支撑构件安装	构件安装应牢固、安全可靠，位置正确	观察	全数	无支撑											
	3	中心线净宽	每侧的净宽不应小于施工方案的净宽要求	10m	1	>10	>20	>10	>15	>5	>25	>20	<10	>15	>10	10	9	90
	4	钢板桩 轴线位移(mm) 50		10m	1	30	20	35	10	15	10	5	15	10	60	10	9	90
		垂直度 >1.5%		10m	1	1	0.5	1.2	1.0	0.4	1.8	1.0	0.4	1.4	1.6	10	8	80

平均合格率(%)　86.67

施工单位检查评定结论	合格	项目专业质量检查员：阮某
监理(建设)单位意见	合格	监理工程师：(建设单位项目专业技术负责人) 罗某 2009年10月10日 (签字)

注：本表由施工项目专业质量检查员填写，监理工程师(建设单位项目专业技术负责人)组织项目专业质量检查员等进行验收，并应按上表进行记录。

5. 工程用表填写范例

5.2.3 沟槽（基坑）回填检验批质量检验记录
表 B.0.1

编号：01000301

工程名称	椒江污水二期进厂管线工程	分部工程名称	土方工程	分项工程名称	沟槽回填
施工单位	宁远建设集团股份有限公司	项目经理	张泰	项目经理	种永兵
分包单位	无	施工员	无	施工班组长	李荣
工程数量	D800管95m	验收部位（井号）	W1~W2~W3	项目技术负责人	陈荣
交方班组	一组	接方班组	二组	检查日期	2009年10月25日

检查项目	序号	检查内容	检验依据/允许偏差（规定值或偏差值）	范围	点数	检查结果 / 实测点偏差值或实测值 1	2	3	4	5	6	7	8	9	10	应测点数	合格点数	合格率(%)
主控项目	1	回填材料	材料应符合设计要求	1000 m²	1次2组	符合设计												符合设计
	2	观测沟槽	沟槽不得带水回填、回填应密实	检查施工记录		检测报告编号：检001												符合要求
	3	管道变形	柔性管道变形率不得超过设计或规范规定	试验段每50 m 正常管段每100 m	3	钢筋砼管无要求												/
一般项目	1	压实度	符合设计与规范要求	每层、每侧	1组	灌砂:001 / 15	10	15	10	5	10	-25	10	10	5	2	2	100
	1	高程	回填应达到设计高程、表面应平整	10m	1	90										10	9	90
	2	管道及附属构筑物	回填时管道及附属构筑物无损伤、沉降、位移	观察、或用水准仪测		观察、或水准仪测												符合要求

平均合格率（%）　90

施工单位检查评定结论：　合格　合格

监理（建设）单位意见：　合格　合格

项目专业质量检查员：陈荣　　项目专业质量检查员：陆荣

监理工程师：（签字）
（或建设单位项目专业技术负责人）

注：本表由施工项目专业质量检查员填写，监理工程师（建设单位项目技术负责人）组织项目专业质量检查员等进行验收，并应按上表进行记录。

5.2.4 开槽施工管道基础验收批质量检验记录

表 B.0.1

编号：020201 □1

工程名称	椒江污水处理二期管线		分部工程名称	管道基础
施工单位	方远建设集团股份有限公司		分项工程名称	管道基础
分包单位	无		项目经理	钟永兵
工程数量	D800管95m		施工班组长	李某
交方班组	一组	接方班组 二组	项目技术负责人	陈某
验收部位（井号）	W1~W2~W3		检查日期	2009年10月15日

检查项目	序号	检查内容		检验依据/允许偏差（规定值或土偏差值）（mm）	检查数量（范围、点数）	检查结果/实测点或偏差值实测值 1	2	3	4	5	6	7	8	9	10	应测点数	合格点数	合格率(%)
保证项目	1	地基承载力		现状地基承载力符合设计要求	检查地基处理强度或（复合）承载力检测报告	见勘察报告												满足设计
	2	混凝土强度		标准养护及同条件养护应符合设计要求	每工作班每100m³ 各1组	检验报告编号：试011									1	1	100
	3	砂石基础压实度		符合设计要求或规范规定	50m 1	检验报告编号：灌砂015									2	2	100
一般项目	1	垫层	中线每侧宽度 压力管道	不小于设计要求														
			无压管道	±30	每10m测1点，且不少于3点	+5	+8	+2	+3	+4	0	-2	-2	+2	+5	10	8	80
			厚度	0, -15														
	2	混凝土基础、管座	高程 平基	不小于设计要求														
			管宽	+10, 0	每10m测1点，且不少于3点	-2	-1	+2	-6	-5	-6	-5	0	-5	+2	10	9	90
			厚度	0, -15														
			肩宽	+10, -5														
			肩高	±20														
	3	土（砂）及砂（砾）基础	高程 压力管道	不小于设计要求														
			无压管道	0, -15	每10m测1点，且不少于3点	+12	+13	+4	0	-18	-2	+2	+15	-10	+25	10	9	90
			平基厚度	不小于设计要求														
			土弧基础腋角高度	不小于设计要求														

平均合格率（%）   87.5

施工单位检查评定结论：合格　项目专业质量检查员：阮某

监理（建设）单位意见：合格　监理工程师：罗某（或建设单位项目专业技术负责人）（签字）　来2009年10月15日

5.2.5 钢筋混凝土管接口连接检验批质量检验记录
表 B.0.1

编号：020202□1

工程名称	椒江污水二期进厂管线工程	分部工程名称	管道主体工程	分项工程名称	钢筋混凝土管类接口连接
施工单位	方远建设集团股份有限公司	施工员	张某	项目经理	钟永兵
分包单位	无	分包项目经理	无	施工班组长	李某
工程数量	D800 管 95m	验收部位（井号）	W1～W3	项目技术负责人	陈某
交方班组	一组	接口班组	二组	检查日期	2009 年 10 月 17 日

检查项目	序号	检查内容	检验依据/允许偏差（规定值或土偏差值）	检查数量（范围）	检查数量（点数）	检查结果 1	2	3	4	5	6	7	8	9	10	应测点数	合格点数	合格率（%）
主控项目	1	材料产品质量	管及管件、橡胶圈的产品质量符合本规范有关规定	进场批次	按规范	产品质量保证资料编号：合 002										1	1	100
	2	柔性接口	橡胶圈位置正确，无扭曲、外露现象；承口、插口无破损、开裂；双道橡胶圈的单口水压试验合格	逐个观察、检查单口水压记录	逐个													
	3	刚性接口	接口砼强度符合设计要求，不得有开裂、空鼓、脱落现象	查砂浆及混凝土试块抗压强度试验报告	试块报告编号：抗压统计 012										1	1	100
一般项目	1	柔性接口纵向间隙	柔性接口的安装位置正确，其纵向间隙应符合规范有关规定	逐个检查、检查施工记录	自检												
	2	相邻接口错口（mm）	D₁≤700　　>3；700<D₁≤1000　　>3；D₁<1000　　>5	两井之间；两井之间；两井之间	3；3；3	2	2	3	5	2	1	0	0	1		9	8	88.9
	4	曲线安装	管道曲线安装时，接口及转角处应符合规范第5.6.9、5.7.5条的规定	曲线段每个接口	1												
	5	接口填缝	管道接口填缝应符合设计要求，密实、光洁、平整	检查材料质量，施工配合比记录													

平均合格率（%）　88.9

施工单位检查评定结论：　合格　项目专业质量检查员：阮某

监理（建设）单位意见：　合格　项目专业技术负责人：罗某　2009 年 10 月 17 日

监理工程师：（签字）
（或建设单位项目专业技术负责人）

注：本表由施工项目专业质量检查员填写，监理工程师（建设单位项目专业技术负责人）组织项目专业质量检查员等进行验收，并应按上表进行记录。

5.2.6 钢筋混凝土类管道铺设检验批质量检验记录

表 B.0.1

编号：02020301

工程名称	椒江污水二期进厂管线工程	分部工程名称	污水工程	分项工程名称	钢筋混凝土管道铺设
施工单位	方远建设集团股份有限公司	施工员	张某	项目经理	钟永兵
分包单位	无	分包项目经理	无	施工班组长	李某
工程数量	D800管 95m	验收部位（桩号或井号）	W1~W2~W3	项目技术负责人	陈某
交方班组	一组	接方班组	二组	检查日期	2009年10月17日

检查项目	序号	检查内容	检验依据/允许偏差（规定值或土偏差值）	检查数量（范围/点数）	检查结果 / 实测点偏差值或实测值											应测点数	合格点数	合格率(%)
					1	2	3	4	5	6	7	8	9	10			
主控项目	1	埋设深度	管道埋设深度、轴线位置应符合设计要求，无压力管道严禁倒坡	检查施工记录、测量记录													符合设计要求
	2	管道外观	刚性管道无结构贯通裂缝和明显缺损情况	观察、查技术资料													符合设计要求
	3	管道安装	安装必须稳固，管道安装后应线形平直	观察、查测量记录													符合设计要求
一般项目	1	水平轴线（mm）	15	无压管道 每管节 1	10	5	5	4	9	8	5	5	5	10	29	27	93.1
					8	12	16	10	2	0	5	20	10				
	2	管底高程（mm） D₁≤1000	±10	无压管道 每管节 1	5	8	-2	0	8	5	-2	0	8	5	29	26	89.7
					7	5	8	-8	7	2	0	-12	-4	-8			

平均合格率（%）　91.4

施工单位检查评定结论	合格　　项目专业质量检查员：阮某
监理（建设）单位意见	合格　　监理工程师：（签字） （或建设单位项目专业技术负责人）：罗某　2009年10月17日

注：本项目管道管节长3m管节砼管，采用承插接口，为无压力排水管道。

5.2.7 砖砌井室检验批质量检验记录

表 B.0.1

编号：030002□□

工程名称	椒江污水二期进厂管线工程	分部工程名称	管道主体工程	分项工程名称	砖砌井室
施工单位	方远建设集团股份有限公司	项目经理	张某	项目经理	钟永兵
分包单位	无	施工员	无	施工班组长	李某
工程数量	D800管 95m	分包项目经理	无	项目技术负责人	陈某
交方班组	无	验收部位（井号）	W1、W2、W3	检查日期	2009 年 10 月 20 日

检查项目	序号	检查内容	检验依据/允许偏差（规定值或±偏差值）	检查数量 范围	检查数量 点数	检查结果/实测点偏差值或实测值 1	2	3	4	5	6	7	8	9	10	应测点数	合格点数	合格率(%)
主控项目	1	原材料	原材料、预制构件的质量符合国家相关标准及设计要求			合格证及检验报告编号：MU10 砖试 002										1	1	100
	2	砌筑砂浆强度	砂浆强度应符合标准和设计要求。每 50m² 砌体 1 组			砂浆试验合格证及检验报告编号：M7.5 砂浆试 003										1	1	100
	3	砌筑质量	砌筑结构应灰浆饱满，灰缝平直，不得有通缝，瞎缝；井室无渗水、水浸现象	逐个检查														符合规范要求
一般项目	1	平面轴线位置（轴向、垂直轴向）	15 +10，0	范围	2	10	5	5	5	10						6	6	100
	2	结构断面尺寸	+10，0		2	5	6	5	-3	5						6	5	83.3
	3	井室尺寸 长、宽或直径	±20		2											6	5	83.3
	4	井口高程 农田或绿地 / 路面	+20，0 / 与路面规定一致	每座	1	+10	-5	0	-5	+10						6	5	83.3
	5	井底高程 开槽法管道铺设 Di≤1000 / Di>1000 不开槽法管道铺设 Di<1500 / Di≥1500	±10 / ±15 / +10，-20 / +20，-40		2	+10	-5	+20	+5	+10						6	5	83.3
	6	踏步安装	间距及外露长度 ±10		1											6	6	100
	7	脚窝	高、宽、深 ±10															
	8	流槽宽度	±10		1	+8	-5	0	+5	+5						6	6	100

平均合格率（%）　89.98%

施工单位检查评定结论	合格	项目专业质量检查员：罗 某　项目专业技术负责人：阮 某　2009 年 10 月 20 日
监理（建设）单位意见	合格	监理工程师：（签字）（或建设单位项目专业技术负责人：（签字））

5.3 分 项

5.3.1 分项工程质量验收记录

B.0.2 表

工程名称		椒江污水二期进厂管线工程				
施工单位		方远建设集团股份有限公司				
单位工程名称		排水工程		分部工程名称	土方工程	
分项工程名称		沟槽土方（挖方）		检验批数	5	
分包单位		无		分包项目经理	无	施工班组长	——
项目经理		钟永兵	项目技术负责人	陈某	制表人	阮某

序号	检验批部位、区段	施工单位自检情况		监理（建设）单位验收情况	
		合格率(%)	检验结论	合格率(%)	检验结论
1	W1～W3	86.1	合格	83.3	合格
2	W3～W5	93.00	合格	93.00	合格
3	W5～W7	92.30	合格	92.30	合格
4	W7～W9	94.13	合格	94.13	合格
5	W9～W11	94.00	合格	94.00	合格
6					
7					
8					
9					
10					
11					
12					
平均合格率(%)	91.9			91.3	

施工单位检查结果	合格 项目质量检查员：阮某 项目技术负责人：陈某 2009 年 10 月 15 日	验收结论	合格 监理工程师：罗某 （建设单位项目专业技术负责人）： 2009 年 10 月 15 日

注：本表由施工单位制表人填写，监理工程师（建设单位项目技术负责人）组织施工单位项目技术负责人及质量检查员等进行验收，并应按上表进行记录。

5.3.2 分项工程质量验收记录

B.0.2 表 编号：002

工程名称			椒江污水二期进厂管线工程		
施工单位			方远建设集团股份有限公司		
单位工程名称		排水工程	分部工程名称		土方工程
分项工程名称		沟槽支护	检验批数		5
分包单位		无	分包项目经理	无	施工班组长	————
项目经理		钟永兵	项目技术负责人	陈某	制表人	阮某

序号	检验批部位、区段	施工单位自检情况		监理（建设）单位验收情况	
		合格率（%）	检验结论	合格率（%）	检验结论
1	W1～W3	86.67	合格	86.67	合格
2	W3～W5	90.00	合格	90.00	合格
3	W5～W7	92.30	合格	92.30	合格
4	W7～W9	92.13	合格	92.13	合格
5	W9～W11	94.00	合格	94.00	合格
6					
7					
8					
9					
10					
11					
12					
平均合格率（%）	91.02			91.02	

施工单位检查结果	合格 项目质量检查员：阮某 项目技术负责人：陈某 2009 年 10 月 15 日	验收结论	合格 监理工程师：罗某 （建设单位项目专业技术负责人）： 2009 年 10 月 15 日

注：本表由施工单位制表人填写，监理工程师（建设单位项目技术负责人）组织施工单位项目技术负责人及质量检查员等进行验收，并应按上表进行记录。

5.3.3 分项工程质量验收记录

B.0.2表 编号：003

工程名称	椒江污水二期进厂管线工程				
施工单位	方远建设集团股份有限公司				
单位工程名称	排水工程	分部工程名称		土方工程	
分项工程名称	沟槽回填	检验批数		5	
分包单位	无	分包项目经理	无	施工班组长	——
项目经理	钟永兵	项目技术负责人	陈某	制表人	阮某

序号	检验批部位、区段	施工单位自检情况		监理(建设)单位验收情况	
		合格率(%)	检验结论	合格率(%)	检验结论
1	W1~W3	90.00	合格	85.00	合格
2	W3~W5	93.00	合格	93.00	合格
3	W5~W7	94.00	合格	94.00	合格
4	W7~W9	94.00	合格	94.00	合格
5	W9~W11	93.00	合格	94.00	合格
6					
7					
8					
9					
10					
11					
12					
平均合格率(%)	92.8			92.0	

施工单位检查结果	合格 项目质量检查员：阮某 项目技术负责人：陈某 2009 年 10 月 15 日	验收结论	合格 监理工程师：罗某 (建设单位项目专业技术负责人)： 2009 年 10 月 15 日

注：本表由施工单位制表人填写,监理工程师(建设单位项目技术负责人)组织施工单位项目技术负责人及质量检查员等进行验收,并应按上表进行记录。

5.3.4 分项工程质量验收记录

B.0.2表   编号：004

工程名称	椒江污水二期进厂管线工程				
施工单位	方远建设集团股份有限公司				
单位工程名称	排水工程	分部工程名称		土方工程	
分项工程名称	管道基础	检验批数		5	
分包单位	无	分包项目经理	无	施工班组长	——
项目经理	钟永兵	项目技术负责人	陈某	制表人	阮某

序号	检验批部位、区段	施工单位自检情况		监理（建设）单位验收情况	
		合格率（%）	检验结论	合格率（%）	检验结论
1	W1～W3	87.50	合格	85.00	合格
2	W3～W5	92.00	合格	92.00	合格
3	W5～W7	91.80	合格	91.80	合格
4	W7～W9	92.10	合格	92.10	合格
5	W9～W11	93.00	合格	93.00	合格
6					
7					
8					
9					
10					
11					
12					
平均合格率（%）	91.3		90.8		

施工单位检查结果	合格 项目质量检查员：阮某 项目技术负责人：陈某 2009 年 10 月 15 日	验收结论	合格 监理工程师：罗某 （建设单位项目专业技术负责人）： 2009 年 10 月 15 日

注：本表由施工单位制表人填写，监理工程师（建设单位项目技术负责人）组织施工单位项目技术负责人及质量检查员等进行验收，并应按上表进行记录。

5.3.5 分项工程质量验收记录

B.0.2表 编号：005

工程名称			椒江污水二期进厂管线工程		
施工单位			方远建设集团股份有限公司		
单位工程名称	排水工程		分部工程名称	土方工程	
分项工程名称	管道接口连接		检验批数	5	
分包单位	无	分包项目经理	无	施工班组长	——
项目经理	钟永兵	项目技术负责人	陈某	制表人	阮某

序号	检验批部位、区段	施工单位自检情况		监理(建设)单位验收情况	
		合格率(%)	检验结论	合格率(%)	检验结论
1	W1～W3	88.90	合格	85.00	合格
2	W3～W5	95.30	合格	95.30	合格
3	W5～W7	94.00	合格	94.00	合格
4	W7～W9	94.00	合格	94.00	合格
5	W9～W11	93.60	合格	93.60	合格
6					
7					
8					
9					
10					
11					
12					
平均合格率(%)	93.2			92.4	

施工单位检查结果	合格 项目质量检查员：阮某 项目技术负责人：陈某 2009 年 10 月 15 日	验收结论	合格 监理工程师：罗某 (建设单位项目专业技术负责人)： 2009 年 10 月 15 日

注：本表由施工单位制表人填写，监理工程师(建设单位项目技术负责人)组织施工单位项目技术负责人及质量检查员等进行验收，并应按上表进行记录。

5.3.6 分项工程质量验收记录

B.0.2表   编号：006

工程名称	椒江污水二期进厂管线工程			
施工单位	方远建设集团股份有限公司			
单位工程名称	排水工程	分部工程名称	土方工程	
分项工程名称	管道铺设	检验批数	5	
分包单位	无	分包项目经理 无	施工班组长	——
项目经理	钟永兵	项目技术负责人 陈某	制表人	阮某

序号	检验批部位、区段	施工单位自检情况		监理(建设)单位验收情况	
		合格率(%)	检验结论	合格率(%)	检验结论
1	W1～W3	91.40	合格	91.40	合格
2	W3～W5	93.00	合格	93.00	合格
3	W5～W7	91.60	合格	91.60	合格
4	W7～W9	92.00	合格	92.00	合格
5	W9～W11	92.00	合格	92.00	合格
6					
7					
8					
9					
10					
11					
12					
平均合格率(%)	92			92	

施工单位检查结果	合格 项目质量检查员：阮某 项目技术负责人：陈某 2009 年 10 月 15 日	验收结论	合格 监理工程师：罗某 (建设单位项目专业技术负责人)： 2009 年 10 月 15 日

注：本表由施工单位制表人填写，监理工程师(建设单位项目技术负责人)组织施工单位项目技术负责人及质量检查员等进行验收，并应按上表进行记录。

5.3.7 分项工程质量验收记录

B.0.2表

工程名称	椒江污水二期进厂管线工程					
施工单位	方远建设集团股份有限公司					
单位工程名称	排水工程	分部工程名称		土方工程		
分项工程名称	砖砌井室	检验批数		4		
分包单位	无	分包项目经理	无	施工班组长	——	
项目经理	钟永兵	项目技术负责人	陈某	制表人	阮某	

序号	检验批部位、区段	施工单位自检情况		监理(建设)单位验收情况	
		合格率(%)	检验结论	合格率(%)	检验结论
1	W1、W2、W3	89.98	合格	89.98	合格
2	W4、W5、W6	90.00	合格	90.00	合格
3	W7、W8、W9	91.60	合格	91.60	合格
4	W10、W11	89.80	合格	89.80	合格
5					
6					
7					
8					
9					
10					
11					
12					
平均合格率(%)	90.35			90.35	

施工单位检查结果	合格 项目质量检查员：阮某 项目技术负责人：陈某 2009 年 10 月 15 日	验收结论	合格 监理工程师：罗某 (建设单位项目专业技术负责人)： 2009 年 10 月 15 日

注：本表由施工单位制表人填写，监理工程师(建设单位项目技术负责人)组织施工单位项目技术负责人及质量检查员等进行验收，并应按上表进行记录。

5.4 分 部

5.4.1 分部(子分部)工程检验记录

B.0.3-1 表

编号：001

工程名称	椒江污水二期进厂管线工程		分部工程名称		土方工程	
施工单位	方远建设集团股份有限公司	项目经理	钟永兵	项目技术负责人	陈 某	
分包单位	无	分包单位负责人	无	分包项目经理	无	
施工员	张 某	质量员	阮 某	日 期	09 年 11 月 1 日	
序号	分项工程名称		检验批数	合格率%	质量情况	
1	沟槽土方开挖		5	91.9	合格	
2	沟槽支护		5	91.02	合格	
3	沟槽回填		5	92.8	合格	
4						
5						
6						
7						
8						
9						
10						
11						
12						
质量控制资料			共 8 项，经审查符合要求 8 项。经核定符合规范要求 8 项			
安全和功能检验(检测)报告			共核查 3 项，符合要求 3 项			
观感质量验收						
分部(子分部)工程检验结果			合格	平均合格率(%)	91.9	

参加验收单位	施工单位	监理(建设)单位	设计单位	勘察单位
	项目经理:徐昌敏	总监理工程师(建设单位项目专业技术负责人):王 雷	项目负责人：王利民	项目负责人：周启明
	2009 年 11 月 1 日	2009 年 11 月 1 日	2009 年 11 月 1 日	2009 年 11 月 1 日

注：本表由施工单位制表人填写，总监理工程师(建设单位项目专业技术负责人)组织施工项目经理和有关勘察、设计单位项目负责人进行验收，并应按上表进行记录。(重要分部验收要求质量员、技术负责人参加)。

5.4.2 分部(子分部)工程检验记录

B.0.3-1 表

编号:002

工程名称	椒江污水二期进厂管线工程		分部工程名称		管道主体工程	
施工单位	方远建设集团股份有限公司	项目经理	钟永兵	项目技术负责人	陈 某	
分包单位	无	分包单位负责人	无	分包项目经理	无	
施工员	张 某	质量员	阮 某	日 期	09 年 11 月 1 日	

序号	分项工程名称	检验批数	合格率%	质量情况
1	管道基础	5	91.3	合格
2	管道接口连接	5	93.2	合格
3	管道铺设	5	92.0	合格
4				
5				
6				
7				
8				
9				
10				
11				
12				

质量控制资料	共 8 项,经审查符合要求 8 项。经核定符合规范要求 8 项		
安全和功能检验(检测)报告	共核查 3 项,符合要求 3 项		
观感质量验收			
分部(子分部)工程检验结果	合格	平均合格率(%)	92.2

参加验收单位	施工单位	监理(建设)单位	设计单位	勘察单位
	项目经理:徐昌敏	总监理工程师(建设单位项目专业技术负责人):王 雷	项目负责人: 王利民	项目负责人: 周启明
	2009 年 11 月 1 日	2009 年 11 月 1 日	2009 年 11 月 1 日	2009 年 11 月 1 日

注:本表由施工单位制表人填写,总监理工程师(建设单位项目专业技术负责人)组织施工项目经理和有关勘察、设计单位项目负责人进行验收,并应按上表进行记录。(重要分部验收要求质量员、技术负责人参加)。

5.4.3 分部(子分部)工程检验记录

B.0.3-1 表   编号：003

工程名称	椒江污水二期进厂管线工程		分部工程名称		附属构筑物
施工单位	方远建设集团股份有限公司	项目经理	钟永兵	项目技术负责人	陈某
分包单位	无	分包单位负责人	无	分包项目经理	无
施工员	张某	质量员	阮某	日 期	09 年 11 月 1 日
序号	分项工程名称	检验批数	合格率%	质量情况	
1	砖砌井室	4	90.35	合格	
2					
3					
4					
5					
6					
7					
8					
9					
10					
11					
12					
质量控制资料	共 8 项,经审查符合要求 8 项。经核定符合规范要求 8 项				
安全和功能检验(检测)报告	共核查 3 项,符合要求 3 项				
观感质量验收					
分部(子分部)工程检验结果	合格		平均合格率(%)		90.35
参加验收单位	施工单位 项目经理:徐昌敏 2009 年 11 月 1 日	监理(建设)单位 总监理工程师(建设单位项目专业技术负责人):王 雷 2009 年 11 月 1 日	设计单位 项目负责人: 王利民 2009 年 11 月 1 日		勘察单位 项目负责人: 周启明 2009 年 11 月 1 日

注:本表由施工单位制表人填写,总监理工程师(建设单位项目专业技术负责人)组织施工项目经理和有关勘察、设计单位项目负责人进行验收,并应按上表进行记录。(重要分部验收要求质量员、技术负责人参加)。

5.5 分部工程检验汇总表

B.0.3-2 表   编号：001

工程名称	椒江污水二期进厂管线工程				
施工单位	方远建设集团股份有限公司				
单位工程名称	排水工程		分部工程名称		
项目经理	钟永兵	项目技术负责人	陈 某	制表人	阮 某

序号	外观检查	质量情况
1	土 方：共3项；符合要求3项	符合要求
2	管道主休：共3项；符合要求3项	符合要求
3	附属构筑物：共1项；符合要求1项	符合要求
4		
5		
6		
7		
8		
9		
10		
11		
12		

序号	分部(子分部)工程名称	合格率(%)	质量情况
1	土方工程	91.9	合格
2	管道主体	92.2	合格
3	附属构筑物	90.35	合格
4			
5			
6			
7			
8			
9			
10			
11			
12			

平均合格率(%)	91.5	
检查结果	外观综合评价:好	综合结论:符合要求
施工负责人:钟永兵 2009年11月1日		质量检查员:阮 某 2009年11月1日

注:本表由施工单位制表人填写,施工负责人和质量检查员进行核对确认,并应按上表进行记录。此表的检查结果填写到 A.0.4 表内。

5.6 单位(子单位)工程质量竣工验收记录

表 B.0.4 编号：001

工程名称	椒江污水二期进厂管线工程				
施工单位	方远建设集团股份有限公司				
管道类型	钢筋混凝土管		工程造价		800 万元
项目经理	钟永兵	项目技术负责人	陈 某	制表人	阮 某
开工日期	2009 年 10 月 1 日		竣工日期	2009 年 12 月 4 日	

序号	项 目	验 收 记 录	验 收 结 论 (监理建设单位填写)
1	分部工程	共 3 分部,经查 3 分部, 符合标准及设计要求 3 分部。	合 格
2	质量控制资料核查	共 8 项,经审查符合要求 8 项。 经核定符合规范要求 8 项	完整并符合要求
3	安全和主要使用功能核查及抽查结果	共核查 3 项,符合要求 3 项,共抽查 3 项, 符合要求 3 项,无返工处理。	符合要求
4	观感质量检验	共抽查 3 项,符合要求 3 项, 不符合要求 0 项。	符合要求
5	综合验收结论	合 格	

参加验收单位	建设单位	监理单位	施工单位	设计单位	勘察单位
	(公章) 项目负责人： 方 某 2009 年 12 月 5 日	(公章) 总监理工程师： 罗 某 2009 年 12 月 5 日	(公章) 单位负责人： 陈 某 2009 年 12 月 5 日	(公章) 项目负责人： 高某某 2009 年 12 月 5 日	(公章) 项目负责人： 周某某 2009 年 12 月 5 日

5.7 工程质量(安全)保证体系审查表

单位工程名称	椒江污水二期进厂管线工程				
施工单位	方远建设集团股份有限公司		建设单位	椒江污水二期工程建设指挥部	
监理单位	杭州天恒建设投资管理有限公司				

		职 务	姓 名	专业职称	执业资格证书	证书编号
机构人员	施工单位	项目经理	钟永兵	工程师	建造师	0113697
		技术负责人	陈某	工程师	工程师	026868
		专职质检员	阮某	助工	质检员	331050220500177
		专职安全员	泮某	助工	安全员	331050520500149
	建设单位	项目负责人	方某某	总指挥		
		项目专业技术负责人	王某某	工程师		
		项目管理员	张某某	工程师		
	监理单位	项目总监	罗某	监理工程师	注册证	0113660
		监理工程师	梁某	监理工程师	注册证	0113688
		见证取样员	国某	监理员	工程师	0088888
	勘察设计单位	勘察项目负责人	周某			
		勘察技术负责人	王某			
		设计项目负责人	高某			
		结构设计负责人	宋某			

检测单位名称(合同文号)	检测单位资质编号	计量认证书编号
台州XX试验中心(测08-012)	浙建检A-001	浙计量-001

审查意见	符合要求

项目监督工程师(质监站该项目负责人):刘 某 2009 年 12 月 4 日

5.8 给水排水管道工程强制性条文执行情况检查记录

工程名称：椒江污水二期进厂管线工程　　　　　　　**检查日期：2009 年 12 月 3 日**

项目	条号	条款号	检 查 内 容	检查结果	
				符合	不符合
总则	1	1.0.3	给排水管道工程所用的原材料、半成品、成品等产品的品种、规格、性能必须符合国家有关标准的规定和设计要求；接触饮用水的产品必须符合有关卫生要求。严禁使用国家明令淘汰、禁用的产品。	符合	
基本规定	3	3.1.9	工程所用的管材、管道附件、构(配)件和主要原材料等产品进入施工现场时必须进行进场验收并妥善保管。进场验收时应检查每批产品的订购合同、质量合格证书、性能检验报告、使用说明书、进口产品的商检报告及证件等，并按国家有关标准规定进行复检，验收合格后方可使用。	符合	
		3.1.15	给排水管道工程施工质量控制应符合下列规定： 　　1.各分项工程应按照施工技术标准进行质量控制，每分项工程完成后，必须进行检验。 　　2.相关各分项工程之间，必须进行交接检验，所有隐蔽分项工程必须进行隐蔽验收，未经检验或验收不合格不得进行下道分项工程。	符合	
		3.2.8	通过返修或加固处理仍不能满足结构安全或使用功能要求的分部(子分部)工程、单位(子单位)工程，严禁验收。	/	
管道功能性试验	9	9.1.10	给水管道必须水压试验合格，并网运行前进行冲洗与消毒，经检验水质达到标准后，方可允许并网通水投入运行。	/	
		9.1.11	污水、雨污水合流管道及湿陷土、膨胀土、流沙地区的雨水管道，必须经严密性试验合格后方可投入运行。	符合	

检查结论	符合要求
	施工单位技术负责人：陈　某　　　　　　总监理工程师：罗　某 施工单位项目经理：钟永兵　　　　　　(建设单位项目负责人)：方　某 2009 年 12 月 4 日　　　　　　　　　　2009 年 12 月 4 日

5.9 单位(子单位)工程质量控制资料核查记录

工程名称		椒江污水二期进厂管线工程		施 工 单 位		方远建设集团股份有限公司	
序号	项目	资 料 名 称	份数	施工单位		监理(建设)单位	
				审查意见	审查人	核查意见	核查人
1	施工技术管理	① 施工组织设计(施工方案)、专题施工方案及批复;②焊接工艺评定及作业指导书;③图纸会审、施工技术交底;④设计变更、技术联系单;⑤质量事故(问题)处理;⑥材料、设备进场验收;计量仪器校核报告;⑦工程会议纪要;⑧施工日记。	5	符合要求	陈某	符合要求	梁某
2	施工测量	①控制桩(副桩)、永久(临时)水准点测量复核;②施工放样复核;③竣工测量。	3	符合要求	陈某	符合要求	梁某
3	材质质量保证资料	① 管节、管件、管道设备及管配件等;②防腐层材料、阴极保护设备及材料;③钢材、焊材、水泥、砂石、橡胶止水圈、混凝土、砖、混凝土外加剂、钢制构件、混凝土预制构件。	15	符合要求	陈某	符合要求	梁某
4	施工检测	① 管道接口连接质量检测(钢管焊接无损探伤检验、法兰或压兰螺栓拧紧力矩检测、熔焊检验② 内外防腐层(包括补口、补伤)防腐检测;③预水压试验;④混凝土强度、混凝土抗渗、混凝土抗冻、砂浆强度、钢筋焊接;⑤回填土压实度;⑥柔性管道环向变形检测;⑦不开槽施工土层加固、支护及施工变形等测量;⑧管道设备安装测试;⑨阴极保护安装测试;⑩桩基完整性检测、地基处理检测。	15	符合要求	陈某	符合要求	梁某
5	施工记录	①接口组对拼装、焊接、栓接、熔接;②地基基础、地层等加固处理;③桩基成桩;④支护结构施工;⑤沉井下沉;⑥混凝土浇筑;⑦管道设备安装;⑧顶进(掘进、钻进、夯进);⑨沉管沉放及桥管吊装;⑩焊条烘陪、焊接热处理;⑪防腐层补口补伤等。	2	符合要求	陈某	符合要求	梁某
6	验收记录	① 检验批、分项、分部(子分部)、单位(子单位)工程质量验收记录;② 隐蔽验收记录。	15	符合要求	陈某	符合要求	梁某
7	结构安全和使用功能性检测	① 管道水压试验;②给水管道冲洗消毒;③管道位置及高程;④浅埋暗挖管道、盾构管片拼装变形测量;⑤混凝土结构管道渗漏水调查;⑥管道及抽升泵站设备(或系统)调试、电气设备电试;⑦阴极保护系统测试;⑧桩基动测、静载试验。	5	符合要求	陈某	符合要求	梁某
8	竣工图		1	符合要求	陈某	符合要求	梁某

结论:完整并符合要求:共 8 项
施工单位技术负责人:陈 某
施工项目经理:钟永兵
2009 年 12 月 4 日

结论:完整并符合要求:共 8 项
总监理工程师:罗 某
2009 年 12 月 4 日

5.10 单位(子单位)工程结构安全和使用功能检验资料核查表

工程名称	椒江污水二期进厂管线工程		施工单位	方远建设集团股份有限公司		
序号	安全和功能检查项目	份数	施工单位		监理(建设)单位	
			审查意见	审查人	核查意见	核查人
1	压力管道水压试验(无压力管道严密性试验)记录	3	符合要求	陈某	符合要求	罗某
2	给水管道冲洗消毒记录和报告	0				
3	阀门安装及运行功能调试报告及抽查检验	0				
4	其他管道设备安装调试报告及功能检测	0				
5	管道位置高程及管道变形测量及汇总	2	符合要求	陈某	符合要求	罗某
6	阴极保护安装及系统测试报告及抽查检验	0				
7	防腐绝缘检测汇总及抽查检验	0				
8	钢管焊接无损检测报告汇总	0				
9	混凝土试块抗压强度试验汇总	5	符合要求	陈某	符合要求	罗某
10	混凝土试块抗渗、抗冻试验汇总	0				
11	地基基础加固检测报告	0				
12	桥管桩基础动测或静载试验报告	0				
13	混凝土结构管道渗漏调查记录	0				
14	抽升泵站的地面建筑	0				
15	其他					

结论(由监理或建设单位填写):

完整并符合要求

施工单位技术负责人:陈 某
施工单位项目经理:钟永兵
2009 年 12 月 4 日

总监理工程师:罗 某
(建设单位项目负责人)
2009 年 12 月 4 日

5.11 单位(子单位)工程观感质量检查表

编号:001

工程名称		椒江污水二期进厂管线工程						施工单位		方远建设集团股份有限公司			
序号		检查内容及标准	观察结果								质量评价		
			1	2	3	4	5	6	7	8	好	一般	差
1	管道工程	管道、管道附件位、附属构筑物位置	√	0	√	√	√	0	√	√	√		
2		管道设备											
3		附属构筑物	√	√	√	√	√	√	√	0	√		
4		大口径管道(渠、廊):管道内部、管廊内管道安装											
5		地上管道(桥管、架空管、虹吸管)及承重结构											
6		回填土	0	√	√	√	√	√	√	√	√		
7	顶管、盾构、浅埋暗挖、定向钻、夯管	管道结构											
8		防水、防腐											
9		管缝(变形缝)											
10		进、出洞口											
11		工作坑(井)											
12		管道线形											
		附属构筑物											
14	抽升泵站	下部结构											
15		地面建筑											
16		水泵机电设备、管道安装及基础支架											
17		防水、防腐											
18		附属设施、工艺											

观感质量综合评价	好
检查结论: 符合要求	施工单位项目技术负责人:陈　某 总监理工程师(或建设单位项目专业技术负责人):罗　某 　　　　　　　　2009 年 11 月 30 日

注:本表应在该分部工程完工之后,进行检查验收,表中所列分项在被下一个分项掩盖之前必须进行隐蔽工程检查同时填写表中相关内容。质量评价中一旦出现"差"的结果,必须返工重做。√大于80%为好,小于80%为一般,0 为一般,X 为差。

附录　给水、排水管道工程资料归档一览表

1. 归档一览表总目录

卷序　卷内文件	卷内目录	系统编号
第一卷 工程准备阶段文件　文件档案资料	第一册 立项文件	0101
	第二册 建设用地征地拆迁文件	0102
	第三册 勘察、测绘、设计文件	0103
	第四册 招投标文件	0104
	第五册 开工审批文件	0105
	第六册 财务文件	0106
第二卷 监理文件　档案资料	第一册 监理规划	0201
	第二册 监理月报	0202
	第三册 监理会议记录	0203
	第四册 进度控制	0204
	第五册 质量控制	0205
	第六册 造价控制	0206
	第七册 分包资质管理	0207
	第八册 监理通知	0208
	第九册 合同与其他事项管理	0209
	第十册 监理工作总结	0210
第三卷 施工阶段文件　档案资料	第一册 施工技术管理	0301
	第二册 施工现场准备	0302
	第三册 设计变更洽商记录	0303
	第四册 施工测量	0304
	第五册 材料质量保证资料	0305
	第六册 施工检测	0306
	第七册 施工记录	0307
	第八册 隐蔽工程检查验收记录	0308
	第九册 工程质量验收记录	0309
	第十册 结构安全和使用功能性检测	0310
	第十一册 质量事故及处理记录	0311
第四卷 竣工图		0400
第五卷 竣工验收文件　档案资料	第一册 工程竣工总结	0501
	第二册 竣工验收记录	0502
	第三册 声像、缩微、电子档案	0503

2. 归档一览表分目录

第一卷 工程准备阶段文件档案资料

0101 第一册 立项文件

追溯编号	文 件 名 称
010101	项目建议书
010102	项目建议书审批意见及前期工作通知书
010103	可行性研究报告及附件
010104	可行性研究报告审批意见
010105	关于立项有关的会议纪要、领导讲话
010106	专家建议文件
010107	调查资料及项目评估研究资料

0102 第二册 建设用地征地拆迁文件

010201	选址申请及选址规划意见通知书
010202	用地申请报告及县级以上人民政府城乡建设用地批准书
010203	拆迁安置意见、协议、方案等
010204	建设用地规划许可证及其附件
010205	建设用地文件
010206	国有土地使用证

0103 第三册 勘察、测绘、设计文件

010301	工程地质勘察报告
010302	水文地质勘察报告、自然条件、地震调查
010303	建设用地钉桩通知单
010304	地形测量和拨地测量成果报告
010305	申报的规划设计条件和规划设计条件通知书
010306	初步设计图纸和说明
010307	技术设计图纸和说明
010308	审定设计方案通知书及审查意见
010309	有关行政主管部门批准文件或取得的有关协议
010310	施工图及其说明
010311	设计计算书
010312	政府有关部门对施工图设计文件的审批意见[施工图审查合格书]

0104 第四册 招投标文件

010401	勘察设计招投标文件
010402	勘察设计承包合同
010403	施工招投标文件
010404	中标通知书
010405	施工承包合同
010406	工程监理招投标文件
010407	中标通知书
010408	监理委托合同

0105　第五册　开工审批文件

010501	建设项目列入年度计划的申报文件
010502	建设项目列入年度计划的批复文件或年度计划项目表
010503	规划审批申报表及报送的文件和图纸
010504	建设工程规划许可证及其附件
010505	建设工程开工审查表
010506	建设工程施工许可证
010507	施工单位的开工报告
010508	投资许可证、审计证明、缴纳绿化建设费等证明
010509	工程质量监督手续
010510	工程安全监督手续

0106　第六册　财务文件

010601	工程投资估算资料
010602	工程设计概算资料
010603	施工图预算资料
010603	施工预算
010603	工程结算资料

第二卷　监理文件档案资料

0201　第一册　监理规划

020101	监理规划
020102	监理实施细则
020103	监理部总控制计划
020104	监理部人员部署一览表（含人员岗位证书复印件）

0202　第二册　监理月报

0203　第三册　监理会议记录

0204　第四册　进度控制

020401	工程开工/复工审批表
020402	工程开工/复工暂停令
020403	工程延误签证单
020404	工期索赔预算书

0205　第五册　质量控制

020501	不合格项目通知书
020502	施工单位整改回单
020503	质量事故报告及处理意见

0206　第六册　造价控制

020601	预付款报审与支付
020602	月付款报审与支付
020603	设计变更、洽商费用报审与确认
020604	工程竣工决算审核意见书

0207　第七册　分包资质管理

020701	分包单位资质资料
020702	分包单位现场人员确认表（质量资料中责任人员签字手迹印鉴）→ 追溯表

第三卷　施工阶段文件档案资料

030502　防腐层材料、阴极保护设备及材料材质质量保证资料

030503　钢材、焊材、水泥、砂石、橡胶止水圈、混凝土、砖、混凝土外加剂材质质量保证资料

030504　钢制构件、混凝土预制构件材质质量保证资料

0306　第六册　施工检测

030601　管道接口连接质量检测（钢管焊接无损探伤检验、法兰或压兰螺栓拧紧力矩检测、熔焊检验）

030602　内外防腐层（包括补口、补伤）防腐检测

030603　预水压试验

030604　混凝土强度、混凝土抗渗、混凝土抗冻、砂浆强度、钢筋焊接资料

030605　回填土压实度

030606　柔性管道环向变形检测

030607　不开槽施工土层加固、支护及施工变形等测量

030608　管道设备安装测试

030609　阴极保护安装测试

030610　桩基完整性检测、地基处理检测

0307　第七册　施工记录

030701　接口组对拼装、焊接、栓接、熔接记录

030702　地基基础、地层等加固处理

030703　桩基成桩

030704　支护结构施工

030705　沉井下沉

030706　混凝土浇筑

030707　管道设备安装

030708　顶进（掘进、钻进、夯进）

030709　沉管沉放及桥管吊装

030710　焊条烘陪、焊接热处理

030711　防腐层补口补伤等

0308　第八册　隐蔽工程检查验收记录

0309　第九册　工程质量验收记录

030901　检验批（验收批）质量验收记录表

030902　分项工程质量验收记录表

030903　分部（子分部）质量验收记录表

030904　单位（子单位）工程质量竣工验收记录表

030905　强制性条文执行情况检查记录

030906　单位（子单位）工程质量控制资料核查表

030907　单位（子单位）工程观感质量核查表

0310　第十册　结构安全和使用功能性检测

031001　管道水压试验

031002　给水管道冲洗消毒

031003　管道位置及高程

031004　浅埋暗挖管道、盾构管片拼装变形测量

031005　混凝土结构管道渗漏水调查

031006　管道及抽升泵站设备（或系统）调试、电气设备电试

031007   阴极保护系统测试

031008   桩基动测、静载试验

031009   其他相关资料

0311   第十一册   质量事故处理记录

031101   工程质量事故报告

031102   工程质量事故处理记录

第四卷   竣工图

第五卷   竣工验收文件档案资料

0501   第一册   工程竣工总结

050101   工程概况表

050102   工程竣工总结

0502   第二册   竣工验收记录

050201   单位(子单位)工程质量竣工验收记录(五方主体会签表)

050202   竣工验收证明书

050203   竣工验收报告

050204   竣工验收备案表

050205   工程质量保修书

0503   第三册   声像、缩微、电子档案

050301   工程照片

050302   录音、录像材料

050303   缩微品

050304   光盘

050305   U 盘

参考文献

[1] 中华人民共和国住房和城乡建设部、中华人民共和国国家质量监督检验检疫总局联合发布.给水排水管道工程施工及验收规范.GB50268-2008.北京:中国建筑工业出版社

[2] 中华人民共和国住房和城乡建设部、中华人民共和国国家质量监督检验检疫总局联合发布.给水排水构筑物工程施工及验收规范.GB50141-2008.北京:中国建筑工业出版社

[3] 史官云主审.颜安平,孙文友,钟永兵,陶勤俭编著.城镇道路工程施工与质量验收规范实施手册.北京:中国建筑工业出版社